誕生日のアップルパイ

庄野千寿子

夏葉社

はじめに

本書は庄野潤三夫人である千寿子（一九二五－二〇一七）さんから長女の夏子さん（一九四七－）に送られた八百四十二通の手紙から百三十通を選んで編集したものです。

本書に収録されている最初の手紙がポストに投函された昭和四十八年のころは、夏子さんは実家から自転車で十分ほどの距離にある餅井坂の借家に暮らし、一歳の長男和雄、年子の次男良雄のふたりの赤ん坊の世話に明け暮れていました。

山の上に建つ作家の家にはまだ、長男龍也さんと次男の和也さんが暮らしており、当主である作家は三百六十五日家にいて、朝から毎日原稿を書いていました。

作家夫婦が子どもたちに、うれしいことがあったらその日のうちに、つまり、よろこびが減らぬうちにお礼の手紙を書きなさい、と教えたように、千寿子さんもまた、うれしいことがあったら、その日のうちに娘に向けて葉書を書き、手紙を書きました。

本書はそのあたたかな記録です。

装画　小沼丹

誕生日のアップルパイ

昭和四十八年

五月、庄野潤三、日本芸術院賞受賞
一月、『野鴨』(講談社)、五月、『庭の山の木』(冬樹社)、六月、『庄野潤三全集』(講談社、全十巻。完結は翌年四月)刊行

三月二十日

おいしいレモンパイありがとうございます。何ておいしいパイでしょう。おいしかった!!

一番下のパイ生地も、中のレモンも、上の飾りも超一流で、家族全員びっくりして、食いしん坊一家も、パイの風格におされて、一切ずつ、味わいながら、三日に分けていただきました。お父くんは一切食べてから「いくらでもほしくなるな」と云いながら、やっと、がまんいたしました。御礼まで。

五月二十七日

メキシコのテキーラ、ありがとうございました。珍しくて、貴重なものを、いただいてしまって、恐縮しております。夕方、国士舘に七－一で大敗した龍也は、頬をへこませて

帰宅。「おー、テキーラ」とびっくりして氷の上に注いだ一杯で忽ち元気になり「メキシコのテキーラはお酒のホームラン王です」と、どなっておりました。「おいしい、おいしい」とよろこんでいます。あとは大切に残してありますので、どうぞ、何時でも、ひっかけにおこし下さいませ。七－一の一点は、龍也がいれました。「男鹿飯店へこれもって行けば」と話したと云いますと、「残念だったね」と、二人共くやしがっていました。何時か御一緒いたしましょう。夏子、ドレス、とてもすてきになってどうもありがとう。ほんとによくなりました。大よろこびです。

八月二十三日

可愛らしいブラウスほんとにありがとう。毎日のことで大変なのに、恐縮です。秋の来るのがたのしみで、早速、一寸涼しくなるなら、その日から着ようと、待ちかねています。

あの日は、龍、和、合同で、前からほんとにほしくてさがしていた、オースティンの「エマ」（中央公論社）をくれて、それから龍也は、青竹で作った玉子たて、和也は庭掃除の時蚊にさされるので、吹きつけの「虫よけ」をくれて、家中でビールを飲んで、牛肉をたべて、みんなの御好意につつまれた最高のお誕生日でした。御礼まで。

九月四日

昨日は、せっかく来て下さったのに、留守ですみませんでした。子供達がっかりしたことでしょう。留守の時は、冷蔵庫のものでも、お菓子でも何でも食べてゆっくりしていってね。昨日は、お父くんと、銀座文化と云う小さい映画館へ、海苔のおにぎりもって「ゴッドド・ファーザー」を見に行きました。とても面白かった。商売はギャングでちがうけれど、一族の結束するところ、お父さんがたのもしいところ、うちとそっくり。ぶどうとてもとてもおいしかったです。せんたく、たたんでくれて、ありがとう。

昭和四十九年

三月、『おもちゃ屋』（河出書房新社）刊行

昭和五十年

十月、長女夏子に三男明雄誕生
二月、『休みのあくる日』(新潮社)刊行

三月十三日

只今ドレス着て見たら、とーっても、すてきで、ぴったりして大よろこびしています。どうもありがとう。卒業式に、しゃしゃり着させていただきます。そのあとは九州でうれしいことばっかりです。

昨日お父くんが「夏子に群像の前の月のを渡してしまったよ」と云っておられました。いくらさがしてもお父くんの小説のってなかったでしょう。

今日はクロッカス十八個咲いた!! その中(うち)一つもぐらが下を通って倒れました。御礼まで。

五月一日

和やかで楽しい夜を御一緒にすごさせていただきましてありがとうございます。お酒もおいしいでした。くしかつ、たら、こうや、茄子、のびるのぬた、たんぽぽのおひたし、かぶらのスープ、次から次へと、おいしい田舎料理が登場して、皆おいしくいただきました。次に現われました、とれ立ちのいさきの薪やきは、圧巻で、ほんとにおいしかったです。何度も何度もお天気を気にして下さって、御心こめて焼いて下さったおかげで、焼き加減、お味、満点でした。華やかな、ミニチュアボトルのウイスキーが、沢山食卓に並んで、楽しい壮行会をしていただきまして厚く御礼申し上げます。

昭和五十一年

四月、『鍛冶屋の馬』（文藝春秋）、六月、『イソップとひよどり』（冬樹社）刊行

五月十日

昨夜は、御心のこもったおもてなしに、あずかりまして、本当にありがとうございます。何と、うれしく楽しい一夜だったことでしょう。

半日がかりで用意して下さった、のびる。前の日からことこと煮えていた、おでん。ししゃも、ヒレカツ、筍ごはん、若竹汁、そら豆や、鮭のマリネーや、巣ごもり卵のおつみ、皆、とてもおいしくいただきました。上等のウイスキーをいただいて、話したいことを皆話して、心の中まで、ぽかぽかするような楽しい会でしたね。

何より好きな、ソニヤと云うばらを腕一杯にいただいて、嬉しくて、胸が一杯になりました。高価なお花を、すみません。厚く御礼申し上げます。

八月二十一日

明雄を背中にくくりつけ、肩にバッグを、せたろうて、つくって来て下さいました、御

祝のアイスクリーム、どうもありがとうございます。とてもおいしかったです。真心と、汗と、御味が一つにとけ合って最高のデザートになりました。

エプロンも、素適。十九日は、二キロのローストビイフ、大成功で、それにイギリスのシェリー酒、クレソン、その他もろもろ、とアイスクリームで、皆に御祝して貰って、幸わせでありました。龍也は新宿までの一ヶ月の定期（これを持ちたかった!!）、和也は、自分でつくった、ハンコとあられ入りを御祝にくれて、みんな心のこもったもので、うれしくてたまりませんでした。

昨日は、銀座へ、金田龍之介さんの個展を、お父くんと行って、生れてはじめて、定期なるものを改札口に、つき出し、いい気分を味わいました。でも、一ヶ月に、二、三回しかつかわないぜいたくな、おもちゃです。

昭和五十二年

五月、『引潮』（新潮社）刊行

三月六日

お葉書ありがとうございます。

和雄の云ったこと、あんまり可笑しくて、お父くんは、笑って笑って「こんなに笑うことは一年に一回だ」とのことです。私も笑いすぎて、おひるごはんの牛乳が飲めず、お腹がすいて、今日は、お八つを一杯たべました。家中で云うには、「和雄は天才である!!」。

御礼まで。良雄の風邪お大事に。

七月十二日

きれいなばらの花と、ドレスどうもありがとうございました。サマンサと云うばらかしら（多分ね）。水切りをして、冷たい井戸水を一杯入れて、ガラスの瓶にいけたら、見事にピチピチして、きれいこときれいこと。ドレスは、湯上りに、汗をふいて、着てみたら、ぴったりこんで、ウエストも、肩巾も、丈も、オーダーメイド仮縫つきだけあって、見事な出来栄え!! 忙しいのに、すみません。一にドレス、二にお花、三にチョコレートと、三大好物が、家にあふれていてそのしあわせなこと!! 何にも云うことありましぇん。たれ目、たれ眉がますますたれそうです。御礼まで。

八月十六日

何と楽しい一夜だったことでしょう!!

立派なアイスペール本当にありがとうございます。これで、お客様の時、氷片がとけて行くのを、ハラハラすることもなくなり、とてもうれしいです。その上、沢山の玉子!! 干物えび（おいしかった!!）。

飲んで食べて、歌って、後片付けも全部していただいて、最高のお誕生日になりました。お疲れのところ、雨の中、わざわざお出で下さって厚く御礼申し上げますです。前から一回、コーラスをしたくて、たまらなかったので、すっとしました。今度は洋食で、亦やりましょうね。御礼まで。

昭和五十三年

四月、夫婦で二十年ぶりにオハイオ州ガンビアを訪問
四月、『水の都』（河出書房新社）、十一月、『シェリー酒と楓の葉』（文藝春秋）刊行

八月二十一日

とっても楽しいお誕生日を祝っていただいてありがとうございます。インガルス一家の美しい本を二冊、それに、夕陽け色の大きなメロン、町民しか飲めない十勝ワイン、紅色のスモーク・サーモン、素朴なお味のししゃも、北海道の空気がそのまま生田の丘に吹いて来たような、おみやげで、本当にうれしかったです。

早速今日から「大草原の小さな家」をよみはじめました。大きなメロンの半分は、翌朝あっと云う間に魔法のように、皆の口の中に消えました。重たいものばかり本当にありがとうございます。

昭和五十四年

十一月、長男龍也、鈴木敦子と結婚
四月、『御代の稲妻』（講談社）刊行

十月十二日

八日の日は、おいしいランチをありがとう。音楽の鳴っている茶の間で、ポタージュ。ツナサンド。アイスティー。おみかん。と満点の昼食でとてもたのしいでした。

それから、カクテルドレス!! 素晴しい!!

ナツコ・今村のオートクチュール。今秋のファッション界のピカ一で、ぴったり。お袖も裾も丁度よく、着心地のいいこと、本当にありがとうございました。

これで、しばらく式服は、いりません（ホントカシラン）。うれしくて二十一日がたのしみです。ではお元気で。

昭和五十五年

三月、長女夏子、南足柄市に転居
二月、『屋上』（講談社）、四月、『ガンビアの春』（河出書房新社）刊行

三月二十七日

足柄山の素晴しい新居から戻って見たら、もう、ちゃんと、転居のお知らせが届いていていました。

「やったぞ邦雄さん!!」

この度の、今村御一家の、お目出たい新築、転居は、この一言に尽きます。

この大仕事を、こうまで完璧にやられるとはと、本当に、感動しました。

いいお家ですねえ。「くろがね」で、声のかれるまで、今日のことをお父くんと龍也に話しました。

でれでれしていて、御祝儀を貰ったとたん変身した運送屋のオッサンのことも、忘れず話しました。

昨夜は、黒バラ模様のステンレスのお風呂で、皆どんなにうれしく、これまでの疲れを

落されたことかと、想像しています。

小田原まで送っていただき、おいしい干物とかまぼこまで沢山いただいて、ありがとうございました。

「くろがね」の夕食を食べそこなった和也が、大よろこびでいただきました。

どうぞ、お疲れの出ませんよう御自愛のほどを。本当にオ、メ、デ、ト、ウ。

四月二日

この年になって生れてはじめて夏子に小包をつくって、つくづく、今まで、そばに住んでいて幸わせだったなあと、今村さんに感謝しています。無茶苦茶に入れたから、こわれてるかもしれないわよ。スカートは新品よ。リリーさんに縫って貰って一度もはかず（まだ他に、ワンサとあるの）。

別に書籍小包で、貰い物の日記帳送りましたから、メモがわりか、何か、足柄日記でも、チョコチョコとつけて下さい。さっき川口さんから、亦々、オイチイケーキを貰ったけど、送れなくてごめんなさい。

ではお元気で。宝塚グラフは、今度敦子ちゃんが持って行きます。

四月十三日

続々届く足柄だより、忙しいのにありがとう。

お父くんは、「足柄だより」と云う大きい封筒をつくって、その中に、入れて大切にしています。

ユカイな話ばかりですね。餌ばかり食べるひよこも、その中に、生んで生んで困る位になるわよ。消防車と救急車のパトロールも傑作。遠い遠い学校も、スポーツと思えば、楽しいし、本当によかったと思います。

亦只今は、美しいすみれの鉢植、すてきなエプロン、たらの芽を、ことづけて下さって、うれしくてうれしくて。うれしいものばかりです。すみれを食卓に飾って、アップルティーを飲みながら、敦子ちゃんから、楽しかった、十一日と十二日のこと、くわしくききました。一時まで騒いだカラオケパーティ（あのアップルタルトは、ほんとにお母くんがやいたんだぞ）、翌朝の忙しさ、たのしい散歩。

「たのしくてたのしくて、もう一日泊りたかったです」とのことです。

いいお家と、何度もくり返していました。我々もその中に御祝もって、うかがいます。今は、もう無茶苦茶に忙しいの。二十一日が〆切りです。二十六日は、早目に東宝劇場前にお出で下さい。

どうもありがとう。

四月二十四日

若葉の一杯ふき出した林の中のすばらしいお家ですごした半日の何て楽しかったことで

しょう。

くしかつ、ふきの信田巻、春菊のおひたし、筍の煮つけ、若竹汁、松籟の音をききながら、いただいた、おひるごはんのおいしかったことおいしかったこと。明雄じゃないけど、座っているだけでお腹の空くような、気持です。そよ風の入る子供部屋で、ひるねして、ヒルトンケーキのお茶の時間。庭には、ブランコ、白いにわとりが遊んでいて、大きな森の、小さい家はローラのお家そのものでした。その上、おでんのおみやげは、ほんとにほんとに助かった。実は、帰りに旅行気分を出して、東海道線に乗り川崎廻りで帰ったら、七時でした。

その時のおでんの威力!! 分るでしょ。久しぶりに(一ヶ月)、夏子の顔を見てほんとに、うれしく、お父くんも、大よろこびでした。

でも、あんまり居心地がよくて、きっと、お客様が多いと思いますので、疲れの出ないようにしてね。

敦子ちゃんが「行きたかったなあ」と云っていました。

では、シー、ユー、二十六日。

本当にありがとうございました。

六月二十日

この、ゴッタマゼの小包を見よ。

つくってて、おかしくなりました。

何だか雑然としてるけど、夢があるでしょ。

スポーツドリンクは、とても体にいいのだって、和雄達が汗かいて学校から戻ったら、のませて下さい。

チロリアンのワンピースは、スリップ着ないと、スケスケになるわよ。あたちでも出来るのよ。この位は。

たのしい足柄だよりのお返しよ。夏子は、ちっともいやなこと手紙に書かないから、あけるのがたのしみだとお父くんは云っておられます。

たしかに才能あるわよ。

クリスティーのこの本もってるかな。ロンドンまでの飛行機の中で読んだのよ。

母の日のチョコレート、おいしくておいしくてうれしくて、昨日なくなりました。どうもありがとう。

二十四日は、わがなつめちゃんの話を、くわしくしてあげるわね。今、思い出しても胸がしわむ（これは徳島弁）位よ。

手紙の中のサム・マネーは、今夜のおかず代に。

ではお元気でね。手紙までゴッタマゼになったわね。

お母くんより

夏子どん江

九月十六日

ハローハロー、こちら山の上の家（龍也達がそう呼んでいます）。

いつも面白い足柄だよりありがとう。

お父くんは全部大切に封筒に入れて残しておられます。亦、何だか、ごったまぜの小包になったけれど、お八つを送ります。

今年は、夏子のシャーリングドレスのおかげで快適な夏をおくりました。まさにナツコの夏よ。

このドレスを着ると他のを着るのが、いやになる程着心地がいいのね。

生田は皆、大元気で暮しています。プーア和也は、新星堂にこき使われて、やっとのことで、三泊の休みをとって、山中湖畔の二松学舎の合宿に行ったら、そのあと二週間休みなしで、働いています。売上げも、仲々のびず、店長は頭の痛い毎日なのに、何故かどんどん太って、飛行場みたいな背中になりました。でも風格が出たみたい。矢張り小さくても、人の上に立つ方が、やり甲斐があるのでしょう。

龍也夫婦は、貧しいながらも楽しい我が家で、昨日の日曜もお弁当持って上野動物園へ行って「オランウータンとその赤ん坊がハイライトだった」と、さっき敦子ちゃんが来て、云っていました。「お母さん、あしかはどこのあしかも、お行儀よく手を組んで、足（！）をそろえて寝るのですね」と、小田原のあしかを思いだして云っていました。この話は、もと夏子部屋で、机の上に、アップルティー。トマトジュース。ブルーベリーのゼリー。

マスカットのゼリーをのせて、ティータイムのひとときの話題です。

それからお料理教室をして、ごま豆腐をつくり、材料もそろえてあげました。敦子ちゃんは「うれしいな。お姉さんおられたら、よろこんだのに、私だけ教えて貰って」と、いつも、夏子のことを云って、本当に、いい子です。夏子のところへ行きたい行きたいと云っているので、来月でも亦小田原で逢いましょう。楽しいことばかりだけど、心配なのは、河上さんです。一週間に一度は、お口にあいそうな、柔らかい、上等の材料のもので、お菓子や、ヴィシソワーズや、ごま豆腐をこしらえて、お届けしています。忙しくて仲々行き届かないので申しわけなく思っています。

それから、植木先生が、秋にお母くんの、いい歯をつくって下さることになっていて、その日を首を長くして待っていたのに、胃の具合が悪くて聖マリアンナに入院されて、胃を全部とる手術をされ（九月八日に）今は面会も禁止なの。九月六日に、奥様からお電話があったので、お父くんは、その日の午後すぐに、松茸の佃煮と、山椒昆布の佃煮を持ってお見舞に行かれました。すごくお元気で、大よろこびで、エレベーターまで送って下さったのですが、矢張り、胃ガンで、心配しています。可哀想なのはお母くんで、もう二ヶ月位仮歯のまま、暮すのよ（口の中で、歯が、とび廻るのよ）。前歯が、のっけてあるだけなので、七月から、ずっと、肉でも、サラダでも、ごはんでも、かまずに、のみこむのよ。すごいでしょう。牛どしの女だけあって、それで、お腹もこわさずにピンピンしているのよ。

多摩川梨が今年もおいしく実って、駅前に亦お店が出ました。一箱送ります。ではお元気で。これから、日課の駅前に、サンケイスポーツを買いに行くの。お父くんの楽しみで、近鉄が勝った日は、おひるごはんのあと、デッキチェアーで一時間位、サンスポを読まれるのがたのしみなのよ。

邦雄さんによろしくおつたえ下さいね。

十月二十日

こちら生田放送局。

今日は明雄のお誕生日で、おめでとう。

この、ごった混ぜ小包を二十日に間に合わせようと思ったのだけど、もう忙しくて忙しくておくれてごめんなさい。

先ず、中味から説明します。鍵は、先ず、一番にお返しします。次に、大きい包の飴は、お菓子の先生、川口さんが下さったの。それから、干したアプリコット、と、なつめは、「アプリコットは、ヴィタミンCのかたまりで、なつめは、ヴィタミンEのかたまり」と、これも川口さんが下さったのを、三軒に分けました。どちらも、一回煮て（水から）、ゆでこぼし、あとお砂糖を入れて煮ると、とてもおいしいのよ。アプリコットは、タルトの中味にもなります。あとは、何が出るか、おたのしみ。夏子のお誕生祝は、別に用意してあります（これで、小包の説明はおわり）。

十五日の日は、ガンビアから、邦子・ウェバーさんが、実家のお父様が亡くなって、帰国されたので、生田に招待しました。丁度、龍也が早番、和也が休みだったので、全員と邦子さんの六人で、四時半ごろから、ディナー。○マッシュルームのコンソメスープ、○とりと、ホワイトソースと、きのこの入ったキッシュ（これは、フランス料理のパイで、上に、鳥の飾りをパイ皮でつけて、とってもきれいなお料理になりました）、次に、松茸のホイル焼き（シェリー酒かけて、柚子をしぼって、一人に½本の豪華版）、○次に、ヒレステーキとクレソン、○グリンピースのボイルと人参のソテー。

白ワインをあけて、バカラのグラスで飲みました。

デザートのスイーツコースは、テーブルを片づけて、それから、○いちじくのコンポート、○アイスクリーム、○ヒルトンケーキ、○アップルティー、○巨峰のぶどう。すごいでしょう。邦子さんは、びっくりして大よろこび。

その上、おみやげに、アップルタルトと敦子ちゃんのクッキーをことづけたら、お礼の葉書に、「おいしいのでびっくりしました」と書いてありました。この二十五日には、あのヒルトンの「星ヶ岡」に阪田さん、小沼さん、文藝の福島さんをお招きして、邦子さんを紹介します。それがすんだら、やっと一息よ。

昨日は、寸暇を惜しんで、二時間だけ、時間をしぼり出して、川口さんのところで、アーモンドタルトと、マロンのババロアを、いただいて、教えて貰って、早速、その二つをつくって、タルトは植木さんに持って行って、ババロアは、今日、料理教室で、ヴィシソワーズと、キッシュをつくって、あとで二人で食べました。「お姉さん可哀想」と敦子ちゃんが云っていました。

阪田さんが、NHKグラフ(?)に宝塚のことを書かれたのを「夏子さんのところにも一部お送りしました」と云われましたので、着いたら、葉書で簡単でいいから御礼を出してね。

この間やっと大沢さんが来てくれて、ジャングルだった我が庭も、赤坂の料亭のようになり、ついでに、袖垣もやりかえて、京都の桂離宮の垣の桂垣と云うのをこしらえてくれて、とてもすっきりしたので一度見に来て下さい。明日は、「海」の原稿の〆切りで、お父くんは大変。

「明夫と良二」の岩波新書も、明日発売で、よろこんでいます。

夏子の誕生祝の本は、小沼さんの、ついこの間出された短編集「山鳩」を買いました。

たのしみにしていてね。

では、皆様お元気でね。

邦雄さんにもよろしくおつたえ下さい。

夏子どん江

＊小包の箱にすきまが出来たので、ありあわせの切地をパッキングがわりにのせました。にわとりのドレスでも作ったら。へへへ。

昭和五十六年

五月五日

山百合、えび根、ほととぎす、山椒、ぎぼし、足柄山の、とりどりのお花や木を一杯かついで来て貰って、早速シャベルで掘って植えていただいて、本当にありがとう。ほしかったお花が一ぺんに庭に来て、大よろこびよ。お父くんは毎朝お水をやっています。山椒も龍也のとこはほしくてほしくてたまらなかったのでとてもうれしがっています。それから和也もあんなに沢山クリーニング済のズボンをいただいて、もうこれからはパリッとして行けます。いわしのマリネーのおいしかったこと、本当に新しいとれとれなのね。筍も香りがよくて、毎日毎日いただいています。ありがとうごぜえやした。

お花は全部見事に根をおろしたみたいよ。

五月二十九日

黄色のチョッキ、水玉ブラウス、ジーンズに赤いリュックで突然現われた今村夏子さん!!可愛らしいエプロン、いわしの味醂（みりん）干し、かきまぜ、ママレード、おいしい手作りのものばっかりもらって本当にありがとう。

一つ一つ、どれだけ時間がかかったことか……。

それをわざわざとどけてくれて、本当にうれしいでした。

ジャムは、五時のお茶の時、早速、ジャム紅茶にして、甘くなくて、とてもおいしかったわ。みりん干しのおいしいことおいしいこと。取り合いで食べました。かきまぜも、おいしかった。何ともなかったわ。

皆でパクパク平げました。あんなの食べなかったら、もったいなくておメメがつぶれちゃうわよ。では、どうもありがとう。

七月二十四日

夏子様、パン、パカ、パーン。

夏休み、慰問列車到着!!

和雄のバースデイに間にあえばいいけどね。

ケーキと（フルーツでも、何でも買って下さい）、花火と、和雄の好物のシー・チキンは、お誕生日の日に、あげて。あとは、あけてのおたのしみ。

アップルティーの缶に入ってる、チョコレートは、三越でみつけて、ミントの香りが、夏らしくて、素適で、この間から、食べ続けています。本をよみながら、つまんで下さい。

夏子専用よ。

木綿の楊柳（ようりゅう）の切地は、「椋鳥」で、三人に、一寸ずつ太さの違う同じ色目のチェックを買いました。これは、とび切り上等で「椋鳥」のおやじの云うには、「私の店だけです。

他に売っておりますと、成城のお客様はうるさいから、買い〆めました、「ハイ」とのこと。三米あるから、旅行に行くまでに、夏子の、白いカラーのついたワンピースにして下さい。着心地最高で、下着もいらないのよ。こちらのは、私が縫います。

ニュース速報二つ!!

① 夏子の植えてくれた山百合が全部ひらいて、美しいこと。お父くんは大よろこびよ。

② この間、お父くんと日比谷に映画（「007 ユア・アイズ・オンリー」）を見に行った。面白くて面白くて、龍也達にも行きなさいと云おうと思ったら、何と、同日、同じ時間に、同じ映画館の、それも近くの席で、みていたとさ!!

全然知らなかったのよ。和也は昨日みに行って、生田一族にボンド風が吹いています。オ、モ、チ、ロ、イ、よ。とっても。

いただいたワールドビールは、毎日冷やして、古河の鈴木さんからは、ギネスビールをいただいて、お父くんは、えびす顔で、今日は、フランス、今日は、ドイツ、今日はギネスと、夏を満喫しております。私は、青梅の酢漬けのサワードリンクをつくったら、おいしくておいしくて、それを氷でわって飲んでいます。入れたいけど、割れたら最後だから、やめとくわね。

パウダーシュガーは、アイスクリームにすると、なめらかでとてもいいわよ。バターも入れたいけど、とけそうなのでやめます。

では、いい夏休みをどうぞ。

昭和五十七年

一月、『早春』（中央公論社）刊行

二月五日

夏子どん江

うれしい面白いお手紙と、どっしり重い、宝の数々の一杯つまった宅急便が一寸前届きました。本当にありがとう。セロテープカッター。わかめ。みりん干し。皆うれしいものばかり、お誕生日のこの上ないプレゼントよ。みりん干しおいしそうね。わかめも夏子とこいるのに悪いわね。それからセロテープカッターの素晴しさ!! 宇宙戦艦ヤマトが乗り込んで来たのかと思う位の迫力よ。と云うのも、今日の午前中、お父くんが、洋書の修理をしていて、セロテープが二度も、ひっついて、爪でかくやら、鋏でひっぱるやらで、カリカリしておられたところでした。お母くんは毎度のことで、とれなくなったら、いらちだから新しいセロテープをおろすのよ。使いくさしのセロテープが引き出しにゴロゴロしてるので、その一つを早速セットしてみたら、何と何と、パッパッと切れること切れること、今まで悪夢をみてたようで、大よろこびしています。あ、り、が、と、う!!

西片の今村さんからも、あんなに銀杏、お正油、みりん、お海苔とうれしいものばかりいただいて、敦子ちゃんに今、お正油、みりん、銀杏をわけてあげて、夏子のわかめも一つあげて、「お母さん、大助かり、どうもありがとうございます」と云ってました。早速御礼状書くわね。お父くんの「早春」は売れ行き素晴しくて、発売一週間で早くも増刷よ。初版は七千部も刷ってくれたのよ。それが忽ち売れて亦、千部再版なのよ。
川口さんは三冊も買ってくれたの。「八百清」のおばさん、「洋裁屋」のモリーさん（これは生中の前の店の人）、「椋鳥」のおやじも買いました。龍也は銀座で、「寅さん」を見に行った時に、和也は新宿で「勝利への脱出」を見に行った時に買って、お母くんは、成城で一冊買って、お父くんに、「蛸が自分の足食うようなことするな」とおこられてもうれしくて、買ったのよ。「庄野潤三さんの早春下さい」と、大きな声でサクラになって買って来ました。「無上の喜び」には、こちらで大笑いしています。こっちの小包がおそくなってごめんね。人の出入りが今年は多くて、気になってるのだけど型紙がとれないの。一月は十回お客様があった。九日は、たつやのとこへ、御招待されています。明日はきっと送るからね。これから、マザーグースへ行、っ、て、く、る、からね。では行ってまいります。どうもありがとう。

四月十三日
夏子どん江

十一日たのしかったわねえ。

バーバリーチェックにこげ茶のボウのワンピース、とってもよかったわよ。お父くんもほめてました。手製っていいわね。日本中で一人だものね（世界中よね）。

今日こんなに張切って忙しい中を手紙書いてるのは、筍のおいしかったことと、バターロールのおいしかったことと、みりん干しのおいしかったことと。そして、それを夏子が皆に食べさせようと、重いのに近所のお百姓さんに頼んで朝掘りを買って来て、重たーいのをひっさげて来てくれたお礼です。ほんとにほんとにありがとう。

昨日、ぬか二つかみ入れてゆで、先っぽは、若竹汁、真中は、中華の野菜と牛肉いため、もう一寸下はお煮つけ、一番下は、筍ごはんの豪華版。その香りのよさは、建仁寺の空輪の筍よりずっとずっとおいしかったわ。バターロールもおいしくてびっくり。みりん干しもおいしかった（真心がこもってるものね）。

その食事の時、お父くんの一言、「よくやってる」。これは、あたたかく、きびしい眼を一族にいつも注いでおられるお父くんの最高のほめ言葉よ。世間の人の眼はごまかせても、我がお父くんの眼は絶対にごまかせないけど、正直に頑張るのも決して見のがされないのに本当にうれしいでした。お互いに、が、ん、ば、り、ましょうね。

昨日川口さんに、ポットカバー届けてあげたら、もう体をくにゃくにゃにして、よろこんで恐縮していました。そして何度も何度も、「夏子ちゃんも御一緒に来て下さい」と云っていました。近日中に時間をつくって、夏子の傑作を見に、お茶に、敦子ちゃんと一緒にお邪魔するつもりよ。

あのバターロールは、最初にきいた菓子パンの材料でいいの？　一回やってみるけど、お母くんは、どうしてもまぜ込みイーストは失敗するのよ。何故かなあ。

話はかわるけど、十一日はあれから五人で伊勢丹のワイン売場へ行き、お父くんは龍也にお金をあげて、「いいワインを買え」と云われたので、龍也の、ハッスルすることハッスルすること。三十分位、みて、三本買って、お金を払うところでは、武者震いをしていました。

それから新宿で阪田さんと別れ、向ヶ丘で、龍也達は生田まで、あたち達はバスで、戻って、オッチャバラバラ（編集注・当時庄野家で流行っていた言いまわし。「色々あって、忙しいけどおもしろい」の意味）の一日だったわね。

帰って、今日のこと思い出しながら、プーアーカズヤの夕食をつくりましたとさ。

「小さな花がひらいた」は、お父くんは今までの中の最高だったと云ってました。

ではお元気で。どうもありがとう。

お母くん

八月一日
この間は、お、も、ち、ろ、い、お手紙ありがとう。お父くんと何度もよんで、お父くんは例によってナンバーと、日附をつけて保存しています。

その中(うち)に足柄物語が出来そうよ。

「夏子はたしかにユーモアの文才がある」との仰せよ。とりいそぎ、ジーンズ送るわね。切らなければよかった。伊勢丹で、ふらふらと最先端のナウなのを買ったけど、矢っ張りね。矢っ張り、はずかしい。敦子ちゃんの切地も入れときますから、ついでの時、白いカラー、カフスでもついたワンピースお願いします。ファスナー、夏子の分と二つ入れときました。

このおこしは、こわれるかもしれないけど、おいしくて食べ出すとやめられないのよ。

本は、あとから何かと一緒に送るわね。

では、お元気で。ジーンズ合えばいいけどね。

八月八日

夏子どん江

ハイ、ハ、ワー、ユー?　ウイ、アー、ファイン。

水泳大会どうだった?　かっと照らない中(うち)に今日は暦の立秋になってしまってがっかりね。

でもお父くんとお母くんは、お天気運のいい方々なので、伊良湖はカンカンに照って、よく焼き、よく泳ぎ、ゴッツォーつづきの毎日で、夢のような三日を、楽しんで戻って来たら、こっちは毎日雨だったそうな。お父くんなど、顔も背中も、腕も一皮はげて、まんだらよ。しっかりエネルギーを充電して来たから、亦毎日ふる回転で働いています。台風のあと始末もすっかり終って、ぬか味噌も(三日留守にするとダメね)全とりかえして、方々にお見舞(長崎の伊東先生の弟さん)やお返えし(四軒)もすんで、今日はお父くんは村上菊一郎さんのお葬式(おぼえてるでしょう。家びらきの時、大声で、「なつこさんなつこさん」と云った方よ)。私は、梅の土用干ししているので、失礼させていただいて、空模様をみながら、この文をし、た、た、めています(お紅茶とミントチョコを置いて)。

　九月十五日は、至おじちゃんとこの泉ちゃんの結婚式で、大阪へ。十月三十日から二晩、亦、小沼さん御夫妻と伊良湖ビューホテルへと、先の予定もびっしり。その間に夏の慰労の吾々のミーティングもやりましょう。すてきな話題があるのよ。伊良湖で経験した、すばらしい話が二つ!!　たのしみにしててね(お母くんにとって、すばらしいので、他の人は、なんじゃいと云うような事だけどね)。

　そちらは富士登山、軽井沢、とたのしいことが一杯でしょうけど、よくよく気をつけてね。富士山で落雷した記事が今日出てたでしょう。それから、御幸ヶ浜に行く時は、十二分に注意してよ。土用波がこれから立つのでね。泳げると思って、油断するのが一番あぶないのよ。龍也は伊豆で、水泳前にワインを飲んで遊泳注意の浜で泳いだそうで、お父くんは、カンカンよ。「こんな馬鹿と思わなんだ」と云っておられます。プーア和也もやっと二十四日から三日休みがとれて、二松学舎の合宿へ行けそう。あんまり太って足のうおの目に重みがかかって痛いそうで、十キロの鉄亜鈴を買って来て、寝る前に、うんうん云ってシェイプ・アップしてるけど、片方でお酒がぶ飲みするから、何にもならないのよ。気苦労の多い店長で何で、こんなに太るのかしらね。よっぽど、根が横着なのかしら。では、お互いに元気で、時間をつくって、逢いましょう。とうさんによろしく。

お母くん

十月十八日

夏子どん江　明雄へ

お誕生日おめでとう!!

三十ウン歳の秋、バンザイ、

一寸早いけどね、明雄のケーキ代と一緒に送りたいので、明日出します。

二十六日まで開けないのよ。絶対に。

三日前、五反田川のふちを歩いて、お父くんと向ヶ丘まで出て、それから成城へ行き、我等の「ナンシイ」で、お父くんが、えらんで下さいました。それから江崎書店へ行き、これもお父くんが選んで下さって、本を二冊。

それから、この頃行きつけの、お父くんのお気に入りの「サン珈琲店」（マザーグースのお隣り）へ入ってアッサム紅茶（これもお父くんのお気に入り）をのんでティータイム、それから、あたちにも、「ナンシイ」で伊良湖のホテルで着るブラウスとスカートを、これもお父くんが選んで買って下さって、オッチャバラバラのひとときでした。我らのゴッド・ファーザーに感謝しましょう。

今日は、長沢、百合ヶ丘の運動会で、午后から、またまた龍也の組が、リレーの決勝に出るので、なつかしの餅井坂小学校へお父くんと応援に行ったのよ。敦子ちゃんとあたちは、たま入れに出て、やぶれた、たまのオガクズやお豆を頭からかぶって張切って二回共勝ち、いよいよ、大づめのリレーは、大声援の中を、白鉢巻の龍也が、ぬくわ、ぬくわ、四位で出て、アンカーにバトンタッチする時は、一位ぎりぎり。長沢東二組は、それで一番になり、大よろこび。

明日は、プーア和也がお休みで、龍也が早番なので、我が家で、新米を一杯たいて、ざんねん雑炊の会をするのよ。和雄に食べさせたいわ。

十月は、忙しくて忙しくて、お父くんの原稿は、つまるし、あっと云う間にすぎて、とうとうウーマンズ・ミーティングが出来なかったので、二十日から二十二日の伊良湖から戻ったら、いい日を相談しましょう。ナンシイスタイルでね。三人共。

それからビッグニューズ。もう知ってるかと思うけど、井伏さんが、ノーベル文学賞の候補に上っておられるのよ。新聞に出て、井伏さんは、「ぼくは、知らないよ。いらないよ。くれっこないよ」と云っておられます。若(も)し、受賞されたらいいわね。

二十一日頃に発表になるのよ。

と云うわけで、生田一族全員元気で、食慾の秋を張切っています。

今度、パンの焼き方亦、おしえてね。まだやってないのよ。では、これにて。再見（へへ、中国語）。

十二月十日

夏子どん江

昨日は、どさーっと、大きい大きい重たい贈物がダンプカーの如く届きました。

先ず、上の箱から、ひらいてみると、何と、出るわ出るわ。

きれいな包み紙に一つ一つくるまったプレゼント!!

ポットカバー（すてき!!）。外がわは、宝塚行のドレスの切地に、きれいなリボンがついていて、内がわは、何だか見なれた、あんさんのセーター。悪いわね。まだ着られるでしょう。とってもいいポットカバーで、早速使います。それからお花のシュガー。上手になったわね。とってもほしかったのよ。ブルームーンのばらの色の美しいこと。カツ子先生も、たじたじの出来栄えで、びっくりしています。うれしいわ。フランス製の最新式なますつくりもお正月に使い初めします。「角やき」は、その日の夕食に、わさび正油で食べておいしかった。

次に、下の重たーいダンボールをあけたら、何と何と、きれいなすみれのお花の株が一杯。下には、里芋が、一杯。もううれしくてうれしくて泪が出そうだったわ。

お父くんは、お正月の毎日新聞の随筆の〆め切りが十八日で、「何を書こうかな、夏子の亥年のことでも書こうかな」と困っておられたので、手紙に大よろこびで、早速書斎へ、もって行かれました。夕べ電話して、今日の午后は、敦子ちゃんがとんで来て、もと、あんさんの小部屋でストーブ、ガンガンたいて、そこで、わーわー云いながら、敦子ちゃんのプレゼントをあげました。そしたらお父くんも、入って来られて、すてきなランチョンマットをみて感心しておられたわ。「たつやさんはすぐ、よごすから、使わずに飾ってをきます」と敦子ちゃんは云ってました。それから、裏へ出て、すみれと里芋を半分こして、大よろこびでした。我が家も今、相川さんとの境の塀を工事中で出来上ったら、塀に添って花壇をつくろうと思っていたので、とってもうれしいわ。

本当に、いいもので心のこもったものばかりで、うれしいです。

ほ、ん、と、うにありがとう。

十六日待っています。すぐに日が暮れるから、午前中にお掃除を三人でやってしまいましょう。おひるは、ウーマンズミーティングの納会やって、三時に、ティーにして、おひらき。

敦子ちゃんは、よろこんで、よろこんで待っています。

手ぶらでおいでね。では、感謝をこめて、オ、ボ、ワール。

お母くん

夏子どん江

昭和五十八年

六月十一日

夏子どん江

（電話のつづき）と云うわけでね。

こんな、ごちゃまぜ小包になったわけです。

サランラップは、古河のお母さんから、一つずついただきました。

お正油は西片からの逆転入です。

五月十九日に神戸へ行った時はね。

あの新幹線が事故の日で、朝九時すぎに乗り込んだひかり号が、そのまま東京駅のプラットホームに停車したまま、出発したのが午后二時半よ。ほんとならおひる前に着いて、大急ぎで、お墓におまいりして、それから神戸へ行く予定で、朝早く出たのに、東京駅のホームをみながら、おひるのお弁当を食べたのよ。でも乗っている人達が半分は、イタリア人の男ばかりのグループ、あとは、おとなしい人ばかりで、のんびり本をよめたし、たのしいでした。

それで、お墓まいりは、帰る日に、時間をおくらせて、行って来たら、何と申しわけないことに、草がボウボウ。軍手と、草ぬきを持って行ってたので、一時間位かかって、きれいにして来ました。

その神戸のすてきなこと!! ホテルからは港、汽船、六甲山がみえるし、街は、すてきだし、お食事はおいしいし、人は親切だし、もう絶対、いつか、夏子と敦子ちゃんを連れて行ってあげようと、思っています。トアロードと云う一番すてきなところの「サン・ミヨシヤ」と云うお店で、このナプキンをみつけて、一杯買って来て、まきちらしているのよ。

まだまだ、面白い話が一杯あるのだけど、今度逢って話しましょう。

ブロンディエプロン素適でしょ。伊勢丹へ行って一寸見たら、ほしくてほしくて、三人、少しずつデザインが違うのを買って来ました（切地はおなじ）。誰もほめるのよ（財布からになっちゃった）。こんど、おそろいでかけようね。

吾等のなつめちゃんの、この素晴しいブロマイドは、道正さんが二枚下さったので、一枚は敦子ちゃんにあげて、もう一枚は夏子にあげるわね。

お母くんは、先だって、あって、話したからいいわ。

あとのブロマイド（?）は、先だってのたのしいインガルス一家のですが、カメラが、安物でこんなにボケたのしか、とれませんでした。

邦雄さんに、ベンチのお礼をもう一回云っといてね。大沢さんの本職がびっくりして「なっちゃんの御主人、こんな仕事する人ですか?」と云ってたわよ。「自分にも出来ない」って。

では、たっさでね。近い中(うち)に逢いましょうね。オ、ボ、ワール。

お母くんより

七月二日

農協のおどめ様

たのしかったたのしかった二十八日。

小田原駅で、「ひゃー」と迎えてくれてから、亦小田原駅で、ぴょんと、とび上るまでの、すばらしい時間は、こうして書いていても、胸の中に、あったかーい灯りがともったようになります。ライトバンを運転する、白い帽子にオレンヂのブラウス白のパンタロン。「アメリカの娘のところへ行ったようだ」とお父くんは、とってもとっても大よろこびでした。

こんなうれしそうなお父くんは、めずらしい位よ。

お手紙以上絵葉書以上に神々しい最乗寺で、拝んだり、金剛水をいただいたり、大黒様をなでたり、奥の院まで、えっさえっさと登ったり、お弁当にハト茶を、八十円のマット（二枚もひいて貰って）上でたのしくたべたり、明るく親切なお坊様や、鐘を大きな音で鳴らしたおばあちゃんに感心したり、ほんとに素晴しいお寺まいりでした。

夏子の縄張りの美しいこと!!

そして!!

あのすてきなティータイム。

冷え冷えのメロン、冷え冷えのババロア、何ともおいしいチョコレートケーキ、お花のプチシュガー、ピーチティー。あかるーいお部屋の美しいセッティングされたテーブルで、いただいた、おいしいおいしいお茶の時間は、我が生涯のティータイムの中でも最高でした（ほんまよ）。

その上、朴の葉ずし、いんげんのごまよごし、ポテトフライ、あさつき、ケーキ、と一杯おみやげ貰って、明雄にもあえて（坊主頭で、とっても可愛らしかった）全部おいしかったこと。良雄の見事なてるてる坊主のおかげでお天気も最高で、ほんとにうれしい一日でした。

その、たのしさがまだ一杯のこっている時に、またまた、いいお手紙貰って、早速、長泉院の墓地をたずねてくれて、ほんとうにありがとう。

土地の方々もいい方だけれど夏子達の日頃のおつき合いと信用がいかに立派かと感動しています。

早速明日にも求めたいけれど、今、一寸麻田ハンの方角でみたら、お父くんの今年の凶方が、丁度、そちらにあたっているので、それでも今年に求めていいか、どうか、今、麻田ハンに手紙を書いてお尋ねしていますので、一寸待っててね。

お父くんは、とっても大よろこびよ。私も。

ほんとうにありがとう。

それから、グランド・キャニオンのことを書いた短編が全集のどこかに入ってたから、面白いから読んでと邦雄さんに云って下さい、とのことです。

十七日のお席は朝香じゅんさんがとって下さいました。うれしいね。キャーッ。

では、ほんとうにありがとう。

農協のオバンより

十月二十四日

夏子どん

三十ウン歳のお誕生日おめでとう!!☆☆

今日は、すっきり秋晴れで、とても爽やかなお天気なので、あさってのお誕生日の日もこんなお天気になればいいなあと思っています。いつまでも今のようにね。

オレンヂのブラウス三人で、おそろいで着ようね。そうそう、ジーンズを買ってあげようと思って、敦子ちゃんと行ったら、お店が休みだったのよ。それで亦いつかのおたのしみ。チョコレートにカードのついているのは、敦子ちゃんから。はがきは、この間二人で成城へ行って、買って来て、三等分したの。

包んでない本は、お父くんが書斎から、もって来られて、和雄達や夏子にとのこと。まだあるのだけど、入らないからこの次ね。

ビューホテルのメロンチョコは、三箱買って来て一人ずつ。おいしいわよ。

伊良湖行きは二日共、暑い位の晴天で、ホテルの七階の向い合せのお部屋に入って（そ

れが、デラックスなの)、

(コンコン)(ノックの音)

「小沼、アドリアへジュースのみに行かないか」

(中から)

「うん、いいね」(四人ゾロゾロ、下へおりる)

(亦、しばらくして。)

(コンコン)「夕食に行きましょう」

「ハイ」(奥様の声)

(四人ドレスアップして、ひろーいダイニングルームへ行き、フルコースのディナー)

と云う調子の最高の浮世ばなれののんびり旅行でした。

すっかり味をしめた小沼さんは、来年亦、神戸へつれて行ってほしいとのことで、二月頃神戸へ行くことになりましたとさ。

結婚以来、一昨年の伊良湖行きまで一回も小沼さんと旅行されたことのない奥様は「庄野さんのおかげで」と、感謝感激です。何処へでもくっついて行く、あたちは何と幸わせかと思っています。

この小額紙幣は夏子のケーキ代。

よいバースデイパーティーをしてね。

それから、お父くんの伝言。

「菊池さんにお願いしていました、墓地のまわりをブロックで囲って下さるのをもう一度頼んで下さい」、とのことです。

来年になると年廻りが悪いので、出来ないの。

それから、もう一つ。

「その時、お隣りの墓地がまだ、ブロックが埋ってないので気をつけて、お隣りにはみ出ないように、こっちは、へこんでもいいから」、とのことです。簡単に、目印になるだけで結構ですから。

忙しいけど、お願いね。お母くんは平気だけど、お父くんはせっかちなのでね。

では、亦、逢いましょう。オ、ボワール。

十二月十六日

昨日大きな箱がドッカーンと届いて、中から黄金色のおみかんがどっさりと、きれいな葉つき大根（よかった、葉っぱが大好物なのです）が二本、かます、あじの、とれとれの干物が一杯、その上にジャム、何よりうれしいお手紙、本当にありがとう。早速、かますをいただいて、おいしかったです。おみかんも甘くて、とてもおいしい。山の下の分家にもこれから分けます。山の幸、海の幸、夏子の大根、うれしいものばっかり。よくこんなに上手にお大根出来たわね。メルシー、ボクー。

昭和五十九年

十二月、長女夏子に四男正雄誕生

二月、『陽気なクラウン・オフィス・ロウ』（文藝春秋）、十一月、『山の上に憩いあり』（新潮社）刊行

四月二十日

デイム夏子様（デイムとは御存じ？　英国で、クイーンが最高の夫人に贈られる称号でありまして、男の人の、サーにあたるのであります）

一年中で一番楽しみにしている、足柄山にお住いの、今村家を訪れる日。今年は一ヶ月のびて、お雛様には逢えなかったけど、そのかわり、桜、桜の美しい春景色を見せて貰って、とてもよかったです（キレイネー）。

昨日は、本当にありがとう!!　もう、塚原の駅で、黄色いカナリアのようなトレーナー姿の夏子に逢った時から、亦小田原まで送って貰って、ロマンスカーがギリギリで、御礼も云わずかけこんだ（やっと間にあったの）時までの、素晴しい時間は、日本一、幸わせなマザーは、私だと思いつづけている程でした（これは、おせじでは、ありません）。

水仙、すみれ、春蘭、えびねの列に迎えられて、木の香りが家中に漂うお家で、賑やか

にいただいた、あのおいしいおいしいお食事!! グリーンアスパラなだ万風。えびの上品な唐揚げ。貝とこんにゃくときゅうりのぬた。高野豆腐の信田巻き。とれとれの鰺の酢〆め。手作りハムとじゃがいもとレタス。菜の花と木の芽とレモンの浮いている「春ですよー」と云うようなはんぺんのお椀。そのお料理の入っているきれいな器、手作りのナプキン。みんなみんな真心一杯で、おいしくておいしくて。そして消化がよくて。一杯いただいたのに、まだまだいただけるような感じだった。

そのあと、お薄と赤福のこれ亦上品なデザート。

それから、続く、ティータイム。大好きなババロア。人参ケーキ。チョコレートケーキ。ロールケーキ。アメリカン珈琲。

これだけでも豪華なお茶の会なのね。そして、何よりうれしい、ポエムシュガーのおみやげまで。それから、生みたての玉子を全部貰って、ごめんね。お友達から集めてくれたきれいなきれいな缶は、もう、ほしいものの中でもトップで、こんなことまで、いつも思ってくれるのかと、胸がしわみます。玉子は、早速、お父くんに玉子丼をつくってあげて、「うん、玉子の味がする」と、よろこばれて、あとの二つはお父くん用にとっておきます。

お茶椀洗わずごめんね。一杯で大変だったでしょう。帰りのロマンスカーの中で、お茶のみながら、もうにこにこ顔でたのしかったことを一つ一つ話して、車中で一番幸わせそうだったわ。川口さんは、泣かんばかりの喜びようでした。小田原の駅でフルーツ買ってあげようと思ったのに時間がなくて(行きは、いつもある早取り苺なくて、ピーナツがつみ上げてあった)、残念で残念で。これから八百清へ行って、グレイプ送るから、うんと食べて、一寸でもお昼寝して、早く、もとの体重にもどしてね。

お父くんが、「五キロもやせたらいかんいかん」と心配しておられます。ほんとよ。働くのもいいけどね。体も大切よ。

和雄達や、片目のタマニャンに逢えなかったけど、よろしく。

お父くんに、邦雄さんの話をしたら(タマニャンの眼玉が、くらやみで、いつも二つ光るのが一つだったと云うこと)、「すごい。文学的感覚だ」ですと。

本当に本当にありがとう。

デイムじゃない千寿子夫人

五月十六日

デイム夏子様

何と何と、重くて大きい箱が、どっかーんと届いて、中から出ます出ます。まずうれしいお手紙!! お水の紙につつまれたミニカーネーションのついた、でっかいアップルパイ!! ティッシュペーパーのふとんにつつまれた、うみ立て玉子!! 新聞紙の着物を着た、朝掘り筍が七本!! 上等の手拭(色んな字が書いてあって、足柄の雰囲気満点で面白かった。市制十周年。バス開通記念、塚原駒千代観音祭)。

まるで、南足柄のフェスティバルのようね。

重宝なふきん。真心一杯の、何より何よりうれしい母の日でした。

本当にありがとう。ありがとう。先ず丁度やって来た敦子ちゃんと切って食べたアップルパイの林檎の沢山入っているのと、そのさっぱりしたお味にびっくりよ。おいしかった!!お父くんもデザートに一切召上がって「うまい」と大満足です。

それから、うみ立て玉子の玉子丼の素晴しさ。「玉子の味がするーう」と云って、食べました。

両方にからざのついている玉子なんて足柄養鶏場のだけよね。餌代の方が上廻っているのじゃないかと貴重な玉子をつくづく眺めています。

次に、筍!! 相川さんに、二本、糠つきでおすそ分けして、アップルパイを二切添えて「夏子が母の日の御祝に届けてくれたの」と云ったとたん、相川さんの眼にみるみる泪がたまって、「うらやましい」と云われて、はっと、お母くんは、自分の如何に恵まれているかを、もう体中で感じたわ。「夏子さんにくれぐれもよろしく」ですって。

その筍は、大きいのに柔らかで風味があって、昨日は、若竹煮にして、今日は一ぺんフライにしようかなあと思っているの。すばらしいお味です。

敦子ちゃんにも二本と、アップルパイを分けて大よろこび。敦子ちゃんは、「おはぎショコラ(おはぎの如くでっかいショコラ)を、持って来ました」と、本当に大きいショコラをつくって来てくれて、夏子と敦子ちゃんの何と大らかな贈物に、心から喜んでいます。

99番明雄センターフォワード、たのしみね(つづけさせなさいよ)。

「めんどっちい」の良雄は、いかにも良雄らしくて面白い。

お八つに、おにぎりたべる和雄も、スポーツマンになりそうで、これもたのしみ。とにかく、運動させて食べさせて、家のことさせておけば、ぜったいに、ぐれません（周囲がどんなに悪くなってもね）。

うちでは、夏子のもって来てくれたえび根が、きれいに咲いて、藤の花房が今年は一米以上も下って、見事よ。すみれの紫の美しさ。本当に、いいお花を貰ってよろこんでいます。毎日、切っては家中にいけて、亦次の日切って、都わすれとすみれで、家も外もパープル一色で、すばらしいのよ。こんないいすみれは、足柄だけね。それから先だって貰った、美しい缶の役立ったこと。先ず、今までの、さびさびの薬入れをとりかえ。糸の入れものもとりかえ。

佐伯さんと、おばあちゃんの、小包につかって、本当に助かりました。とてもきれいな缶なので、夏子のところもいるのにと、申し訳なく思っています。今度はとって置きのに、おすしをつくって柿生（かきお）の河上家に届けるの。

二十四日は、お父くん顔には出さねど、とても楽しみみたいで、そわそわ。お母くんは勿論のこと、今か今かと待っています。おひるは簡単にしてよ。そして、いつも夕食の用意まで、ことづけてくれるけど、そんなことしてたら、体中に手が生えていても足りないわよ。結構です（ほんとに）。

こっちは三人で、すぐ出来ます。

その時に、お茶杓や、人参ケーキの作り方書いて届けます。

では、二十四日まで。おたっさで。

本当にありがとう。

ザ、パッピネス、マザーより

九月

先だっては、わざわざ古河まで行ってくれてありがとう。

敦子ちゃんもとても喜んでいました。悲しいのによく辛棒して相変らずにこにことよく働いてほんとに偉いと思っています。

大したもんじゃないけど、うつぼ（海蛇みたいなの）の佃煮をいただいたの。串本の人にね。半分おすそ分けします。一度に五、六本以上食べない方がいいのよ。邦雄さんが好きそうなお味で、家では、和也がよろこんで食べています。とにかく、滋養が抜群らしいので、夏子が食べてね。早いものであっと云う間に九月になっちゃった。

ヒルトンホテル、吉祥寺新星堂と新しく出発した二人の忙しいこと。ヒルトンの、幹部連中は、あまりの気くたびれに、眼がうつろになっているらしい。今は、外国から、V．I．P．が四百人も来ていて、その部屋に入れる、フルーツと、飲みもののセットをととのえるだけでも眼が廻るようなのだそうです。

和也の方は、店の人数が多いので却って休みがよくとれて、大助かり。勤務時間が、サンシャインより三十分おそくて、帰るのが十時半をすぎて、十一時ごろになるので、こちらは、夕食の片づけがおわると、それまで昼寝（？）することにしています。

足柄もふくめて、前途洋々でうれしいことね。

グリナード永山の時も、サンシャインの時も三人娘（？？？）で出かけて行って、お店の中を歩き廻って、そのせいか縁起がいいので、今度も出来れば、一回行ってみたいと思うのだけど、一寸遠いから夏子には悪いわね。

敦子ちゃんは、「お母さん行きましょう行きましょう」と云うのだけど。

この手紙が、良雄のお誕生日に間に合うかな。

去年は、明雄の入院さわぎで、大変だったね。

十月には、バウホールで「オクラホマ」があるの。行きたい？

行きたければ、プラン立てます。

十月は、小沼さん御夫妻と伊良湖へ行く年中行事もあるのよ。今年はどうなるかな？

お父くんは、お仕事一杯つまって、今はそれはそれは大変なので、そーっとしています。

明日「文藝」、明後日「群像」（足柄物語）を渡されると一寸ひと息。

本当にお互いに丈夫で、よく働いて、一族仲よくて、本当に本当に幸わせ。

送りたいものごじゃごじゃあるのだけど、いそぐので、封筒に入れます。では又ね。

マムより

お夏どんへ

昭和六十年

十月、次男和也、冨田操と結婚
十一月、庄野潤三、脳内出血のため倒れる
四月、『ぎぼしの花』（講談社）刊行

五月一日

夏子どん江

まるで、アップルティーをいただいているような爽やかな半日!!　本当に本当にありがとう。正雄のにこにこ顔と一緒に、駅までお出迎え、そして若葉の森の中にいるような、風通しのいいお部屋で、たのしいランチ!!

高野豆腐のしっとりした、おいしい太巻。筍と茄子と絹さやの、あっさりした炊き合せ。昆布の香りの一杯の若竹のお椀。桜餅（きれいなきれいなおいしい）。とれとれキューイととれとれ苺のデザート。ココアの香りのケーキにアイスティーのスイーツコース。みんなおいしかった!!

楽しい話のはずむ、本当に素適な素適なひとときで、お父くんも、とっても大よろこびで、御機嫌のいいこと。「可愛い子だ可愛い子だ」ですって。和作戦大成功でした。「太巻十二個たべた」とロマンスカーの中で云っておられました。
その上、和也の花嫁さんになるかもしれない可愛らしい操さんの写真二枚。思いもかけないプチシュガーを沢山!!（大変だったでしょう）シート・ココアのおからケーキ（何だか変な名前ね）、そして、ほしくてほしくてたまらなかった春蘭を十株!! うれしいものばっかり。そこへ亦々早瀬の上等の干物、二人の両手一杯のおみやげかかえて、楽しかったアップルティーのような思いをこぼさないように、家まで持って帰りました。

早速おみやげを二つに分けて山の下へまっしぐら。二子玉川で一日お友達とテニスして帰ったばかりの敦子ちゃんに渡して、「うれしいうれしい」と大よろこびで、「お姉さん元気でした?」と尋ねられ「すごい元気だったよ」と云って、長沢の八百屋さんのところまで帰ったら、誰かが「只今」と大声で云うので見れば、龍也が自転車で、いそいそと家路につくところでした。トレーナーに、トレパン姿で、長沢のおっさんそのもの。これが、ヒルトンホテルのルームサービスの、管理職の出勤姿かと我が眼を疑ったわよ。

鰺は天下一品のアジ。えぼ鯛もおいしそう。明日の朝楽しみにいただきます。

可愛らしい大好きなお花のシュガーは、大切に女のお客様だけに使うわね。ブルームーンの色がとてもきれい。大井さんによくよく御礼を云って下さいね。よくこんな形のいいばらのお花になったこと。では幸わせ一杯の一日の感謝をこめて、どうもありがとう。

お母くんより

八月十九日

夏子様

焦げ茶色の木の台に、しっかりはめこまれた燻(いぶ)した銅のような柄。アイボリーのシェードには茶色のばらのお花が浮んで、光は、スイッチで明るくなったり、消えそうに弱くなったりする美しい美しい電気スタンド。お手紙と共にうれしくうれしくうれしくうれしくいただきました。

本当に本当にありがとう。優しい三人姉妹の笑い声と、笑い顔が、光の中からこぼれて来そうな気がします。

さっきから、何度も何度も、光を強くしたり弱くしたりして、世界中で一番幸わせなお誕生日を迎えた喜びに、浸っています。こんなに美しい電気スタンドが、こんなに優しい心のこもった御祝が、この世にあるかしらと思う程。うれしいわ!!

三人のカードと共に、一生大切にして行くわね。本当に、ありがとう!!　お手紙とっても面白かったわ。

そして、その上、重たーい重たーい沢山のジュースと味の素とスープ、何より何よりうれしいものばかり。味の素は丁度切らしたところで早速使いました。トマトジュースは、大好きで、すぐ冷蔵庫に入れて、和也も大好きで、本当に本当にうれしいです。紙パックのからいただいて、次に缶のをいただくわね。これだけあると、夏を悠々とすごせるわ。

さっき夕方、汗だらけの龍也が、会社の帰りによってくれて、その背中のリュックサックにトマトジュース二箱、缶ジュース十本詰めてあげると、もう喜んで、後に引っくりかえるジェスチャーをしていそいそと山を下って行きました（自転車で！）。

可愛らしい夢のような缶は、何か入れて誰方かに差上げるのがもったいないので、レースやボタンや、ファスナーを入れるのに使うわね。よく似合うでしょう。

お手紙の、「松の木平」の話、面白くて面白くて。きっとお母くんもその学生は狐さんと狸さんだと思うわ。変なもの食べさせられなくてよかったね。

お父くんは、夏子の今年のお手紙机一杯にひっぱり出して「群像十月号」の足柄物語にとりかかられました。

お父くん曰く「まあ何と事多い一年か。三月神戸、それから良雄中学入学、ジャッキーが来て二ヶ月。暮には正雄が生れて、わしゃ何から書いていいか分らんよ」ですと。本当によくやったね。忙しかったけど楽しかったねえ。何で我等一族のところには、いいことばっかりやって来るのかしら。

十月は、操ちゃんが来てくれるしね。こっちの準備も着々と進んでいます。うれしいな。では、本当に本当にありがとう（心からの感謝をこめて）。

千寿子

昭和六十一年

七月、次男和也に長女文子誕生
二月、『サヴォイ・オペラ』（河出書房新社）刊行

一月十六日

夏子どん江　（心からの感謝をこめて）

生田の丘までわざわざありがとう。

本当に助かりました。ゆっくりパーマかけて、帰ってみたら、おいしい、花づくしのお寿司のおひるごはんが待っていて、家中カーネーション（白いカーネーションってすてきね）、バラ、かすみ草で、宝塚の花組の楽屋のようだし、敦子ちゃん操ちゃんもいそいそ来てくれて、邦雄ゴルバチョフさんまで来て下さって、ティータイムになるし、何より何より夏子の笑顔と正雄の笑顔が、お父くんには、最上の慰めで、もう、夜まで御機嫌でした。あたちも、二ヶ月ぶりで、ほっと自分の自由な時間が出来て、積った疲れが、一ぺんにふっとんで、亦、くるくると働いています。

こん度のことで夏子には、本当に本当に言葉に尽くせない程の、はげましを、力を貰っ

て、邦雄さんには、それこそ、一番大変な実務と、機動力を貰って、心から心から感謝しています。足柄の素晴しい暖かい戦力がなかったら、生田艦隊は、きっと沈没していたと思うわ（それは確かよ）。毎日毎日正雄をおんぶして病院まで来てくれて、どんなに大変だったことでしょう。

邦雄さんも和雄も良雄も明雄もコロも、大変だったと思います。でも夏子と正雄のにこにこ顔が、お父くんの奇蹟的恢復に、つながっているのは、もう間違いのないことで、文化勲章をあげたい程よ（今、考えています。たのしみにしていて）。龍也も和也も休みの日は必ず来てくれて、一時間程散歩をつき合ってくれて、その間にお使いに行けるし、大助かり。皆に贈って貰ったあたたかーいカーペットの上で、お父くんは、もう日経の随筆にとりかかっておられます。

と、ここまで書いたら、宗廣先生のところから、御見舞の、ナショナルのバイブレーターが届きました。まだ開けてないけど、きっと、お使いになって、ためして見られたものだから、すばらしい力を発揮することでしょう。お礼の御手紙をお出しして置きます。そうそう、先だって夏子に苺ことづけるの忘れてがっかり。

今、快気祝の名簿の整理をしていますので、亦、お世話になることでしょう。御近所は全部すませたの。

こんなにたくさんの方がはげまして下さったのだなあと、今更のように、感謝していま す。では、元気でね。

ホントにホントにありがとう。

二月十日

夏子どん江

七日は本当に本当にありがとう。キューイ。に、かまぼこ。ラムケーキ。ジャム。台湾ちまき。心のこもったものばかりかついで、正雄共々、ご苦労様でした。おかげで気にかかっていた用事や、和也とこの「つるの子祝」もゆったりした気分で、片づけて、帰ってみたら、換気扇はぴっかぴかで、井戸の上でよろこんでるし、六畳の机はきれいに片づけてくれてあるし、お蒲団のカバーはかかってるし、お寝間はひいてくれてあるし、何より何よりお父くんのにこにこ顔で、どんなに明るく話相手になってくれたのかよく分って、矢張り夏子どんは素晴しいなあー、と感謝しています（心から）。

（ここまで書いたら敦子ちゃんと操ちゃんが来たので、中断）

次は翌日、二月九日（これは昨日のことです）。

今年のお誕生日は特別に、おめでたい感じでした。ファミリー全員でお父君に、すてきなステッキを贈ることにして、急いで買うと失敗するので、ゆっくり探すことにします（仲間に入ってね）。それで、お父君には、カードだけ、それにステッキ券を、あげました。夜は二人でお赤飯と、お肉少し（いつもステーキなんだけど）、いわしの南蛮煮、お酒ぬきで、スープのささやかなお祝だったけど、しみじみと幸わせで、皆がささえてくれたお誕生日だなぁー、と思ったたわ。

そして一夜あけたら（十日）、朝日新聞に「早春」の広告がのっていて、「ガンビア滞在記」の広告まで小さく出してくれていて、大よろこびしています。

春から、何だか縁起がいいのよ。

「たまニャンの落し子」の話面白ぃね。「足柄物語」が亦書けそうだとお父くんは、よろこんでおられるのよ。もう二編で、一冊の本に出来ます。お父くんは邦雄さんのつきまくりの話も、うれしそうだった。夏子が、元気づけに、面白い、いい話ばっかりしてくれたんだなあと思ったわ。大変なこともあるのにね。

今度は必ず手ぶらで来てね。そして、足柄の太巻もつくって帰って下さぃ。材料が全部そろっているのよ。相川さんが、「夏ちゃんが来られたら太巻つくって下さい」って、新米とお海苔と干瓢（かんぴょう）と下さったの。今度は十五本位つくりましょう。ではでは本当に本当にありがとう。

お母くんより

三月十七日

「さむがりやのサンタ」をひっさげて、雪の生田へ春の陽のようにのりこんでくれて、本当に本当にありがとう。銀行。のびのびになってたカット。気になることがあっと云う間に片づいて、帰ってみたら、すてきなランチが出来ていて、お皿も洗わず、のんびりと、とってもいい休養になりました。

夜になって、ちっとも肩がこってないのにびっくり。やっぱり二十四時間、自分では気がついてないけど張りつめてるんだなあと思って、こうやって定休日をとらせてくれる夏子サンタに感謝しています。「ふろよりらくはなかりけり」と、ゆっくりお風呂に入って、ローリーエースをのんで、最高でした。

サンタさんの本は、何べんみても面白くて、たのしくて、何だか、足柄山で頑張ってる夏子みたいな気がするわ。私も何処かで見つけて来るつもり。今日操ちゃんに渡して、回覧して、お返しします。今日は北京餃子の講習をするので、材料を仕入れにこれから行くのよ。ではこれにて、本当にありがとう。

五月二十五日

夏子様
何て何てたのしい半日!!
一番ほしかった、食べたかったものばかりのシックな明るいランチ☆☆☆
あつあつのホットケーキ!!（天下一品）
これも天下一品のホーションのアップルティー!!（金色の缶の迫力）　これ亦大好きなグリーンアスパラの、とろけそうな風味。ジュース、手作り風のハム、そして、可愛らしいチーズ。お花のナプキン。金線の紅茶茶碗に、真白いお皿、黄色のハニーピッチャー、うさぎのお花。英国皇太子御夫妻をお迎えしても、大よろこびなさったことでしょう。

そしてたのしいドライブで連れて行って貰った御礼参り(何だか暴力団の言葉みたいね)も、ほのぼのと有難くて、正雄の、ふらふらと千鳥足で歩く姿と一緒に、大切な思い出になりました(ほんとに可愛らしかった)。

それから、新茶と、メロンとお菓子(このババロアが亦々とってもおいしいでした)のお八つ。久しぶりで立派になった和雄と良雄を見て、びっくり。とてもいい子です。

音楽きかせて貰って、小田原まで送って貰って、お父くんは、もう大よろこびで、「正雄はいい子だ」の連発でした。ロマンスカーで、らくらくと戻りますと、お蒲団がちゃんと干してくれてあって、敦子ちゃんと操ちゃんでお掃除してくれてあり、すぐ、夏子に貰ったコンチャン煮ときのくにやさんのお鮭と相川さんのトマトと留守中に届いていたお父くんのお友達の村木さんの、ほうれんそうのおひたしとそら豆で、ほのぼのとおいしいお夕食をいただいて、こんなにあったかい幸わせな夕食をいただいた人は、今世界中にどれだけいるかなーと思ったの。コンチャン煮がもうおいしかった!! お父くんが「わしが一番食べたかったのはこれだ」ですって。

足柄では、和雄と良雄に、ダイクマ用のお小遣いあげたくてあげたくて。つつんでたのだけど、お父くんに、おこられるかなーと思ったりして、結局夏子のと共に、もって帰ってしまいました。帰ってから、「あー、二十四日だった。渡してあげればよかった」と、つくづく後悔しています。

今日は、これから、黄味しぐれと、大福でお茶にします。操ちゃんが、きっと、なつかしく大よろこびすることでしょう。ほんとうにほんとうにありがとう。

ザ、モースト、パッピネス、マザー

六月十五日

メアリー・ポピンズ・夏子様

たのしかったねえ。ほんとに、たのしかった。

若葉と風と陽の光と、ほっかほっかのおもてなしに包まれた三時間足らずの、あのすばらしい時間は、今こうして思い出しても、にこにこして来ます。

アメリカ西部の乙女のように、ワゴン車で迎えに来て貰って、明るいお部屋でいただいたおひるごはん!! ほたるぶくろ、と海棠（かいどう）のような（何のお花）お花のお部屋。いわしのコロッケ。浅利とわかめと胡瓜（きゅうり）のぬた。浅利のおみおつけ。新茶の香り。青梅のおいしいお菓子。心の一杯こもったおもてなし本当に本当にありがとう。あの日の朝買出しに行ってくれたいわしは、本当に新鮮で、おいしいでした。

浅利もおいしかった。そのあとのティータイム!! 川口さんのアーモンド・タルトと、アップルティーと、メロンのフレッシュジュース。これ亦、何と豪華な、ダイアナ妃でも卒倒されそうな、おひるとお茶だったわね。正雄の乗ってるおもちゃの車の「どんぐりころころ」が、いい伴奏になって、夢のようなすてきな足柄ツアーでした。

そして気がついてみたら、つい、さっき乗ってた大雄山線に三人並んで坐っておりました。子育て気苦労で、一寸バテ気味の川口さんも、もう生き生きとして、とってもよろこんでおられました。操ちゃんに、あげかま、かきまぜ、ハンカチ、のおみやげを渡して、「今度行けるからね」となぐさめたの。

退院後、はじめて一人お留守番のお父くんも、「電話も、宅急便もなかった」と云われ、敦子ちゃんと二人で、くわしく報告して「正雄が、裸になって、服を着替える時みたら、背中がお父くんにそっくりだった」と云いますと、うれしそうでした。その晩、きのくにやさんに電話して、「長女の一家がまいりますので、よろしく」と云って置きました。たのしかったでしょう？　何回お風呂に入った？　亦、手紙で教えてね。

今日は、お父くんが、「リハビリだ」と休み休みとって下さったお庭の梅と、お父くんのお友達の村木さんが送って下さった玉ねぎと、お隣りからいただいた九州のじゃがいもを送るので、その中に入れた方が早やそうなので、このお手紙は、宅急便に、いたします。

いわしのコロッケは、お父くん、大よろこびでした。おかげでかきまぜと、冷奴と、サラダと枝豆で、本当に、「眼すって鼻かむ間」にお夕食が出来て、大助かり。それから二十二、三日に、悪いけど操ちゃんよせていただきます。「本当に本当にいいのですか？」と遠慮しながら、とてもうれしそう。ごめんね。

何か手伝って貰って下さい。

では、本当に本当にありがとうございました。

肩のこりが、すーっと、とれたみたいよ。

ミセス、いわし。

八月三十日

たのしいたのしい半日、本当にありがとう。

箱根の帰りと云うのではなくて、足柄の半日がくっきりと一つの短編小説みたいに、心の中に生き生きと残っています（あら、一寸キザな云い方かな。でもほんと）。

本当に夏子どんの笑顔と、いやなこと一つも云わない心意気と。おいしいおひるごはん。冷スープ。ホットケーキ。梨のジュース。ハムのマリネ。みつ豆。みんなみんなおいしくてすばらしくて手作りで、久しぶりにK．Y．のすてきな、ナイスガイぶりも、うれしくて、とってもたのしいでした。そして、あっと云う間に生田に戻り、じぶ煮、ヒレカツ（キャベツまでちゃんと洗ってきざんでくれて、ありがとう）、ところ天で、もう三分でお夕食が出来て、ほんとにほんとに大助り。梨もデザートにいただいて、おひるとディナーを夏子におよばれしたみたいだった。今日は、大鍋で、てんぐさを煮ています。たのしみだなー。

出来たら、お八つにみつ豆、お夕食にところ天を、うんといただきます（山の下もね）。夏子のおみやげのところ天、操ちゃんにおすそ分けしたら大よろこび（敦子ちゃんは古河へ行ってていなかったの）。

昨日は文子が、耳だれが出たので、一緒に生田の耳鼻科へついて行ってあげたのよ。先生が、耳の中に、薬入れたとたん、文子の足の指がこんなにひらいて、「ギエーン」と泣き出しました。まだまだ暑いから、皆、皆気をつけてね。ありがとう。

マダム、湯づかれ

十一月二十九日

たのしかったねえ。亦、山の下一族も集って賑やかに、お父くんもうれしそうでした。あのラムケーキ、どうしてあんなにいつも、同じようにうまく焼けるの？「安定してるな」とお父くんの言葉。それから、天下一品の、ぬか漬!! 人参のぬか漬があんなにおいしいと知らなかった。三等分して（ケーキも）ぬか漬をしてないレイジー三主婦、大よろこびでいただきました。さっき操ちゃんが早速ママコートでふうちゃんをおんぶして散歩によったの。よく似合ってて、だっこのカンガルースタイルよりずっとすてき。

ふうちゃんも、実に満足そうに、こぶしを口の中に入れて、ぬくぬくしてたわ。「あったかくてあったかくて着てられない位です」と操ちゃんが云ったわ。どうもありがとう。

敦子ちゃんが「和雄ちゃん達四人の元気な魔力で、ふうちゃんも元気に育ちますね」といいこと云ったのよ。でも魔力とは、びっくり。魔法のマントみたいね。ではでは、再見。

ミセス、ウィッチ。

昭和六十二年

十一月、『世をへだてて』（文藝春秋）刊行

日付不明

楽しいお手紙ありがとー。

お父くんは早速「今度の『足柄物語』につかわせて貰う」と、とってもうれしそうでした。何よりうれしいものを貰って、これで亦一ついい小説が出来そう。たのしみねえ。何と何と、亦、「みのや」さんのかまぼこの御代忘れてしまってごめんね。とてもおいしかったので、これから亦いただきます（今年の暮にもね）。それからね、昨日寒い寒い日だったのに、高田馬場から、穴八幡様までお父くんと往復歩いて、一陽来復のお札を受けて来たの。これで大雄山のお札とで今年は一杯すばらしいことがありそうよ。

和雄の受験のお願いもして来ました。そして境内に出てるお店で金太郎飴買ったの。この飴、夏子の青山の時も、龍也の時も和也の時も買って来て試験の日に食べて行ったでしょう。とても縁起のいい飴だから、和雄も試験の当日忘れずに食べさせてね。夏子達の時は、長い棒の飴を折って中から金太郎が出たんだけど、びちゃびちゃになるから、小さい

餡にしました。とてもいい小母さんとその娘（もう中年）で、にこにこして気持よかったよ。帰りに「ユタ」で、ホットケーキとコーヒーのランチ。去年一人で来て夏子にお留守番して貰ったこと思い出したの。ではとりあえず借金のお返えしまで。

ミセス、ホットケーキ。

三月三日

バンザーイ!!　オメデトー!!　コングラチュレイションズ!!　やったね、和雄。

今日はひな祭の大安、こんないい日に、いいニュースをきかせて貰って大よろこびしています。すぐ操ちゃんに電話したら、「えらい、パチ、パチ、パチ」と云ってました。敦子ちゃんは新潟へ行ってるけど、前の日心配してたのよ。

それにしても、びっくりさせてごめんね。何と、最悪の時間（八時五十分）に電話したね。葉書が半日おそかった。今日のお昼に着いたのよ。まあよく二人共心臓発作おこさなかったこと（ホッ）。

お正月から何だか今年はいい事が一杯ありそうだと思ってたら、矢張り邦雄さんの、セクション・チーフ。和雄の小田原高校合格。文ちゃんの初節句。お父くんの血圧ダウン。六月には文学全集が出るし、宝塚は、何度も見られるし、いい事ばっかり。本当にうれしいです。和雄は春休みをうんと、エンジョイしてね。夏子は、宝塚グラフでもよんで、おひな様眺めてて下さい。

ミセス、ゴメンナサイ。

六月十九日

暑い日に、あんなにきれいにお庭のお掃除して貰って本当に本当にありがとう。

草一つないお庭を見て、もう感激しています。

それから、秘薬もつくって貰って、正座して三人で、飲んで、いつも夏子には、我が家で一番大切なこと、してほしいことをして貰うわね。

プーさんと、飛行機とおいもを、しっかりかかえて逃げてた正雄のもう可愛らしいこと。何と洋間のソファーに、おいもの包みが、チョコンと、残ってたの。正雄の逃げ場所は、いつも書斎なのがとても面白いのよね。飛行機のこして、おいもをもって行けば、お八つになったのにねー。それとそば米をことづけるのをまた、コロッと忘れました。この次、云ってね。湯もち半分（五個）相川さんに夏子からと云って、お渡ししたら、とてもうれしそうだったのよ。ありがとう。きれいな箱ありがとう。

ミセス、ボックス（フォックスじゃないよ）

八月十七日

宝塚のたのしいお葉書につづいて、今、きれいなハンカチ入りの、活力あふれる絵葉書二枚到着!! 何てすてきな手紙でしょう。世界中の人が皆こんな気持で暮したら、この世は本当にすばらしいと思う程だったよ。夏子の文学的な眼には脱帽です。

五日は、おいしい「くず桜」ありがとう。とっても楽しくて、今でも、家の中にビルやサリーや、ジャッキーや、その他の人がいて、踊ってるみたいよ。「もう一ぺん見たいな」と思う程だったね。

美ヶ原には、帝塚山学院のコロニーがあるのよ。お母くんは、まだ行ったことないけどね。夏子の葉書で、スティーブンソンの「ザ・カウ」を思い浮べたわ。まるで、スティーブンソンの詩のようだった（すごいね）。

あ、明日は、まあ思いもかけず、フランス料理のおまねき、うれしいなうれしいな。その時、「ザ・カウ」教えてあげる。

では、シー、ユー、ア、シ、タ。

八月十九日

夏子様（心からの感謝をこめて）
白い封筒の中のカード!!　美しいお誕生日のお祝の言葉の入ったこの真白い封筒は、何よりも何よりもうれしい贈物よ。少々の御世辞には、びくともしないと思ってたお母くんも、このカードの言葉にはもう泪がポロポロ。と云うのは、何にも、お母くんが、こんな立派な人間と云うのではなくて、夏子の言葉が、一昨日の絵葉書の言葉と一緒にすると、スティーブンソンの詩とそっくりになったからなの。びっくりした!!

本当に本当に、お父くんの一番の作品は、夏子だなあと、心から思ったわ（ウソジャナイヨ）。

うれしいうれしい一日のプレゼント本当にありがとう。この世で一番大切な宝物の娘達、お友達に囲まれて、あの夢のようなお家で、きれいな食器で、お花畑のようなフランス料理をいただいて、もう本当にすてきなお誕生日でした。やさしい皆の心が、ふわーっと立ちこめて、きっとあのチョビ髭の色の黒いマネージャーも、白いひよこみたいなウエイターも、「何て幸わせそうな方々だろー、ことにあのおっかちゃんは」と思ってたことでしょう。本棚のことや、夏休みの旅行のことや、もう色々とこんなに気をつかってくれてるのね。考えてみると、今までのお父くんの作品、「ザボンの花」にはじまって、「世をへだてて」まで、皆夏子の支えで出来てるし、長泉院のあの美しい次なる故郷も、書斎のカーペットもきのくにやさんの戻りのたのしい半日も、しょっ中来て貰って次々片づいて行くお家の内外も、何もかも夏子の爽やかな力と心のおかげね。忙しい中で書いてくれる手紙は、今やお父くんの活力の泉だしね。ありがとう!! 今日は、フランス料理の一日のあのたのしいエネルギーで、まあ、よく働けること働けること（いつもだけどね）。

この世で一番幸わせな、牛さん母さんは、まだまだ、夢一杯で、よく草をたべ、日光をあび、牛乳を出して、この美しい家族達のために頑張るぞー。

昨日帰ったら（おひるごろ）、和也がふうちゃんをバギーに入れて、山の上に来て、下水の中に落ち込んでた、鉄のすのこをとり出して針金でマンホールにとりつけてくれていたのよ。和也もふうちゃんも影の黒幕で大活躍でした。「シャンドーレ」のキャロウ一こずつ分けたの。おいしかった!! もう最高のガレットだった。お父くんも「うまいうまい」と云っておられました。本当にありがとう。

十月二日

本日のお夕食のメニュー、お報らせしますね。

うさぎさんのかまぼこ（うずらの玉子入り）。大根葉のおひたし。酢蓮根。山安の干物と大根おろし。ぜんまいたき合せ。土瓶むし。北京餃子。松茸ごはん。枝豆。デザート。麩まんじゅう。アップルパイ。何と豪華なおいしいお夕食と、デザート。それに、チャボさん玉子。ウイスキーの瓶。茶色のギンガムチェックのエプロン。とてもすてきで、こんなのがほしかったのよ。網戸も片づけたし、萩もなくなったし、もう最高の秋の一日だったなーと、今つくづくと思っています。

操ちゃんも夏子が来てくれると、とてもうれしそうで、いつも、たのしみに、コーヒー・ブレイクに来ます。

正雄と豆タンク文ちゃんもよく遊んだし。よかったよかった。あとで、夏子に、食後の日本茶出してあげなかったこと思い出して、悪かったなあと思ってるの。のど乾いたでしょう。ごめんね。紺のチェックのブラウスすてきだったよ。あれから銀杏七個ひろって、土瓶むしに入れたのよ。山安の干物最高でした。どうもありがとう。

P．S．アップルパイもう天下一品だった‼　大根葉も。

銀杏夫人

昭和六十三年

二月、『インド綿の服』（講談社）刊行

一月二十三日

うれしいうれしいニューズ御報告。虎の門でお父くんの血圧、何と「百十〜六二」‼ 土田先生「いいですね。お薬大幅に整理しましょう」と云われ、朝三錠、昼ぬき（ぬきよ）夜二錠になり、軽い、軽〜い、薬袋さげて、うきうき帰ったの。夏子がお正月にすぎなのお茶持って来てくれたおかげよ。本当に本当にありがとう。

そして翌日。すなわち昨日（金）行きました行きました。タマ、タマ、タカシマヤへ。ごった返す人ごみ。走り廻る子連れ。木、金、二日の大バーゲンだったので、人、人、人、の中へ突進して、買わせていただきました。ピュア・カシミヤの黒いカーディガン‼ 値下げしてても二万三千円‼ たった二枚しかなかった。あぶないところでした。他の、ゴチャゴチャしたセーターは、もう山とあるのに、黒いカシミヤは、たったの二枚なの。あと半時間おそかったらきっとなかったよ（ヨ、カ、ッ、タ、）。

邦雄さんの汗の結晶を、まあ、全部、お紅茶茶碗や、カーディガンに使わせていただいて、申しわけなくてどうしましょう。ごめんね。矢張りこれは、夏子に、ゆずります。仲間で着ることにしようよ。では、ビッグニューズおわり。

金鈍姫より。

一月三十日

ギンガムチェックのアイレスバロー様。

サンキュー、シェシエ、メルシー、ダンケシェーン、と並べても足りない程、ありがとう。二週間悲劇の舞台みたいだったお台所を、あんなに美しく整頓して貰って、おまけに大岩と、小岩で、がっちり鼠の穴をふさいで貰って、本当に、なやみの雲がさーっと晴れて、まんまるのお月様が、お空に出たような気持だったわ。

その上、ちゃぼさん玉子、かますの干物（オ、イ、シ、カ、ッ、タ）、ドーナツ（オ、イ、シ、カッタ）おみやげ一杯もって正雄と一緒に来てくれて、とてもうれしい日になりました。亦、暮しの手帖と海苔の缶渡すの忘れた。ごめんね。正雄は本当に可愛らしいね。

どうして、ラインをひいたかと云いますと。

血圧上げないでね。

夜お父くんが、グレイプフルーツをおふとんの上で召上って、さあ一日が終りました。「おやすみなさい」と云って、もと、あんさんのお部屋に入り、「お風呂に入って、湯上りチヨコー」と思ったとたん、カリ、カリ、カリカリカリカリ（と云う音）。

「へん、大岩があるから平気だ、騒げ騒げ」と思ってゆっくりお風呂に入って出てもまだカリカリカリカリ。カリ、リカリリ、カリリ。

「やれるものなら、やってみろ」と、トランヂスターを耳にはさんで、ハングル語をきいていたら、その音がピタッとやんで、朝まで、しーんとしているの。

ああよかった。とぐっすり眠って、さてと朝、引き出しをソーっとあけたら、トレイが一寸曲ってる!! お米の引き出しを出して、きれいにふいてくれた奥をみたら、もう、く、や、し、い。黒い糞（ふん）が五、六粒と、おしっこらしい水たまりが二センチ程。

それで、大岩でふさいでくれたところを、しらべたら、びっくりしたらだめよ。あの大岩の横に、五センチ位の大穴があいてるの。しゃくにさわるでしょう。お父くんは「薬局へ行って、『あの薬は鼠の栄養剤ですか』と云って来い」と云われるのよ。きっとそうね。食べれば食べる程、力の出る薬じゃないかなー。

それで、早急に和也に、板でふさいで貰います。

あんなにきれいにアイレスバローさんがお掃除してくれたのだから、それが一寸でもよごれない中（うち）にね。

くたびれたでしょう。

本当に本当にありがとう。

ミセス、ディサポインテッド

四月九日

夏子マリアどん。

「足柄山から春が来たぞー」と声が高らかにきこえてくるような、うれしいうれしいお手紙!!! ホッカホッカのラムケーキ!!（おいしかったよー）

千疋屋の上等のお紅茶!!（お父くんとお母くんの元気のもと） チャボさん玉子!!（上に同じ）

足柄山とり立て第一号の椎茸!!（マツタケより立派ね） すてきなすてきな英国皇太子御夫婦のポストカード。

何て、うれしい小包。お花畑がひろがったようでした。でもどれも皆そちらの大切なものばかりで本当にごめんね。本当に本当にありがとう。

そして亦今日は、この雪の中を、寒い中を来て貰って、雪かきや、シーツかけや、一杯手伝って貰って、敦子ちゃんと一緒にお茶も飲めて、その上、おいしいママカリ（ほんとにおいしいでした）、みりん干し、文ちゃんの服や、亦々貴重なチャボさん玉子やきれいな缶（とてもとてもうれしいの）貰って、何より明るい声が山の上にみちて、うれしかったよー。

でも、あの雪の中、荷物と正雄せたろうて、必死に（呼ぶ声もきこえない程）一歩一歩、進む我が子の後姿には、オヨヨとなっちゃった。幼児キリストを抱いて歩くマリア様みたいでね（キリスト様が一寸お粗末かしら。そんなことないね）。

「よくやってくれるなー」と夜お父くんはつくづくうれしそうだったけど、何しろ、そちらもかかえきれない程の仕事、心労が一杯でしょう。無理しないでね（おねがい）。ここでもう寝ます。…ｚｚｚ

ミセス、ホロホロ鳥

六月三十日

雨なのでボールペンで失礼。只今、二枚つづきのすてきなお手紙到着。面白かった!!

可哀想な可哀想な正雄。よく、気絶しなかったね。うなされても無理はない。でもその中（うち）に、夏子の云うように何事もエクスピリエンスよ。青大将でも腕にまいて遊ぶようになるよ。きっと。龍也が、そうだったもの。あのこわがりが、青大将まきつけて遊んでて、お母くんが卒倒しそうになったことがあったわ。ゴキブリ必殺だんごの威力すごいね。それで、我が家に置いてくれたのを見に行ったけど、何しろ、ゴキブリさんそのものが、いらっしゃらないので、お月見だんごの如く、置いたままになっていたわ。昨日は、珍らしいお天気で、生田建設の土方一同好天にめぐまれよかったよかった。龍也が、土方スタイルで現れたそうで、あとで聞いて大笑いしていいます。

今日は雨、朝日新聞に「インド綿の服」の広告が出たし、これから、パレスホテルへ「なつめちゃんをはげます会」に行って、なつめちゃんに逢えるし、うれしいことが三つも重なって、大安吉日。中でも、葉書がトップよ。

どうもありがとー。

サカサマ夫人

七月二十四日

たっ、たっ、たのしかったねー。なつなつなつこさん。

梅雨空もかき消すような夏子の笑い顔。最高の一日。待ちに待った一日。サンドイッチもコーヒーもアイスクリームも高尾の牛さんも、消化しつくして、今日は、もう、家中に、コール・ポーターの曲がオーケストラのように、あちらこちらに、♪𝄞♫ととびちっているのよ。おいしいエボダイの干物とうれしいうれしいチャボさん玉子。百歳のレディのお生み遊ばされました貴い玉子様。うれしいうれしいものばかりありがとう。元気そうな夏子みて、お父くんも一安心。この、充電したエネルギーで、コティッジ一気に完成してね。ねえ、三階でもいいからもう一回見たいねー。でも、そう云っている中(うち)に、今度は、月組が来るね。ガマンしようかな。でもやっぱり見たいねー。

今日は清水さんところが行かれるので、さっき(朝九時)、手拭いとお扇子とプログラムもって「どうぞよろしく」と挨拶して来たのよ。清水さんいつもと打って変って、グリーンのブレザー、白のパンタロン、イヤリングキラキラで、もう出かけられるところだった。早いねー。ウラヤマシイー。

ミセス・エボダイ

九月二十八日

夏子・ワイルダー様

正雄・ワイルダー様

ほんとにほんとにほんとに楽しかった森の中のワイルダー家のおよばれ!!!!!!

宝石のような一日!!!!

富水(とみず)まで、わざわざ車で迎えに来て下さって、森の中のお家に入ると、お香か蚊取線香か、夢のお花か、とってもいい香り。ストーブの燃える木の香り。そして食卓には、七人分のお弁当と、子供用の椅子。テーブル、お座敷、お手洗にはお花。

何てすてきな、心あたたまるお迎えでしょう。そして子供部屋の窓から見た丸太の小屋と云うには、おそれ多い、立派なお家!!

足柄山に生れ育った丸太を家中の力で建てた、本当に森の中の小さいお家そのままの、言葉では尽されない程美しいお家に、もうもう感動しました。デッキの完成の時も、びっくりしたけど、お家はもう一段と迫力があって、今にも扉をあけて、ローラや、メアリやパやマが出て来そう。よくやったねー。そして半分どころか七割以上は夏子の力だと思っているの。偉いねー。

ここで、あの楽しいおひるごはんのひとときに移ります。二段のお弁当の蓋をあけると、下は栗ごはん。山ごぼうにきゅうりのおつけもの。煮豆。上は、まあ、玉子やき。牛肉のごぼう巻。えびフライ。コロッケ。おひたし。ままかり。がんもの煮つけ。が、とても美しく詰まっていて、別に天下一品のわさびのついたほたて貝のお刺身になめこ椀。十五夜のお月様のようなおまんじゅう。

皆、皆おいしくておいしくて、消化がよくて、あっと云う間に一番に平げ、丸一日以上かかって作って貰ったのにね（お買物の時間入れれば二日以上ね）。もっともっとお上品にゆっくりいただけばよかったなーと、思っています。ごめんね。

美味しかったよー。ほんとに。でも大変だったねえ。矢張り日頃こつこつと積み上げた家事のデッサンが、こんなに美しいお花になってひらくのね。普通の人にはとても出来ないわ。

それから正雄の見事なホストぶり。文ちゃんと遊んでくれる気くばり。やさしい心づかい。何度も泪ぐんでしまったのよ。文ちゃんも、今日は、夢のような楽しい一日だったことでしょう。

富水の駅で「こっちこっち」と夏子の方を指さして、それはそれは悲しそうに泣き叫んで、泣きつかれて、ロマンスカーでは大きなお口をあけて眠りこんでしまったのよ。

長雨を吹きとばすような輝やく一日を本当にありがとう。お父くんもおいしいお弁当で、山のようなおみやげ話で、楽しいすてきなお夕食だったのよ。

サンキュー、アゲイン。ほんとにありがとう。

平成元年

八月、『エイヴォン記』（講談社）刊行

五月二十九日

日曜日の、皆さんおそろいの貴重な一日、文ちゃんのお守りに明け暮れて本当にごめんなさい。その上、皆に、鰺の干物とごま煎餅のおみやげまでことづけてくれて、も、も、もうしわけないことです。

その鰺の干物の油ののったおいしさ。本当に「山安」の干物は、おいしいね。身がしっかりついて、まるで瀬戸内海のお鯛みたいな味だった。ごま煎餅は、早速、文ちゃんと操ちゃんとで三枚ずつ食べました。「年のかずだけあげる」と云ったら「サンサイ」と云ったので、ナプキンに三枚のせて上げて「お母さんはいくつ？」ときいたら、「サンサイ」。「こんちゃんは？」ときいても「サンサイ」。それで三人共三枚たべたと云うわけ。とてもおいしいおせんべで三枚では足りません。

本当に、こちらまでありがとう。来月阪田さんと「きのくにや」へ行くことになり、うれしくて、おどっています。ではではどうもおつかれ様でした。

サンキュー夫人

九月十一日

足柄のハイジ様

ハイジが、ペーターのおばあさんに食べさせようと思って、戸棚の中に白パンを一杯ため込んで皆固くなるところがあるでしょう。

足柄山のハイジは、生田のおとっつぁんとおっかさんに食べさせようとして、大切なちゃぼさん玉子を、家族が一杯いるのに、こんなにこんなにためて持って来てくれて、ほんとに生田のおっかさんは、もう、胸がム、ム、ム、ネが一杯だったよ。

ハイジの白パンは固くなったけど、足柄のちゃぼさん玉子は全員新鮮でした。

そして、アップルパイのおいしかったこと!!!!!! ほんとに御世辞じゃなくて、夏子ベーカリーのアップルパイは、どこの、どの国のアップルパイよりもおいしい、世界一のパイよ。

秋の香りが一杯のりんごに、しっとりしたパイ皮。もう最高でした。こんなすてきなパイを三つもいただいて、そっちはなかったでしょう。ごめんね。

それから究極の味、めかぶ!! ほんとに、キューキョクの味。おねぎと、細く切ったしょうがを一寸散らすと、もう止まらなくなってしまいました。

まぶしいまぶしいお台所のステンレス。

この二ヶ月、眼をそむけては、「あーあー」と思いつづけていた、がま蛙のような調理台とガスレンヂが、幸わせそうに、笑っていて、冷蔵庫もきれいになっていて、今夜は、お勝手に立つと、自然に、好きな歌が「椰子の実」－「夏休み」－「この道」－「ロンドンデリー」－「谷間の灯ともし頃」－「エーデルワイス」－と次々に出て来て、とっても楽しかった。これは、まぶしいまぶしいお勝手もあるけど、久しぶりに夏子や正雄に逢って、浮き浮きしたのよねー。

朝顔の鉢重かったでしょう。

「この夏の楽しかったこと」の三つの中に入る一日でした（生田新聞）。

ふうちゃんも、あんなに、トルネードーのように走り廻って、よっぽど、夏子と正雄に逢ってうれしかったのね。子守りして貰ったこと、おぼえてるのよ。とにかく、大変な記憶力なの。小型コンピューターみたいよ。

大井さんの見事な玉子も、とてもとてもうれしくて、青いすだちは、早速、お夕食の時、秋鯖の塩やきとれんこんの天ぷらの上に絞りました。

よろしくよろしくよろしくおっしゃって下さい。

ではではこの辺で幸わせな生田山上のおっかちゃんは、お風呂に入って、いやな、オシヤンプーをして、ねることにします。

ほんとにほんとに今日は、ありがとう。

明日の朝は、納豆にちゃぼさん玉子落して、いただきます。コケ、コカ、クク（チャボ

語のサンキュー）、お、や、す、み、な、さ、い。ZZZ
11：30P．M．

ミセス・アップル・メカブ夫人

十月二十六日
夏子へ。

お誕生日おめでとう!!

四十回でも五十回でもお誕生日はいいものね。バンザーイ。

いつも生みたてちゃぼさん玉子や、やき立てアップルパイ。ラムケーキ。それから、その時お家にある一番いいものをせい一杯もって、百万ドルの笑顔で来てくれてほんとにありがとう。まるで妖精が届けたみたいな美しい箱のチョコレート。初摘の新茶。露をふくんだ紫陽花のお花。ドレス。一番うれしい足柄だより。どんな時でもいやなこと苦しいことちっとも云わず、いつも皆に元気をプレゼントしてくれる蜜蜂マーヤみたいな夏子、アイレスバローさんの佳き日を、もう一度おめでとう!!

これからもおたっしゃでね。

十一月十三日
夏子様

正雄様

とっても楽しい一日が終りました。

天気予報は、雨だったのに、何と、春秋苑前からバスに乗るまで、もってくれて、本当によかったよかった。ほんとに運の強い一族ね。

朝早くから、幼稚園お休みして来てくれた正雄のお行儀のいい満点の上にもう一つマルをつけてあげたい程のマナーのよさで、お宮でも、写真屋でも、どれだけ助かったか。もう感謝していいます。

六十八歳から三歳までの年齢の八人の一緒にすごした一日の面白く楽しかったこと。忘れられない位。お父くんも先ほど、寝床で「ザ、デイ、イズ、オーバー」と云って、満足そうに、眠りの国へ。チョコレートケーキもしっかり召上りました。おいしかったね。「よくこんなに作れたなー」とお父くんは、びっくり。とてもシャレタ、すてきなりんごのバームクーヘンも、うれしくて、本当にありがとう。

それから、お夕食は、鴨のローストと、小松菜のおひたしと、チャボさん玉子で、大根おろしをすれば、あっと云う間に、すてきなメニューが並んで、小松菜は風味満点。

鴨も美味しくて、ちゃぼさん玉子は、いつもながら、お母くんのもう最高の好物で、いただく度に、リッチなお味に、感激するの。まだまだつづく、沢山のおみやげ。ママレードと、大豆の缶詰。カリン。梅酒。……。

本当に本当にありがとう。

こんなに爽やかで楽しい七五三の御祝が出来たのも、足柄山から来て下さった御二方のおかげよ。生田の豆タンクの文ちゃんに組みつかれて、正雄くたびれたでしょう。

さて、どんな写真が出来るでしょう。

三週間後をおたのしみに。

明日ゴチャマゼの宅急便送ります。

では、すてきな一日の終りに、感謝をこめて、ほんとにありがとう。ZZZZ
(この日は、二つ思い出が出来ました)


おっかちゃん。

平成二年

三月、次男和也に長男春夫誕生

日付不明

今、清水さんが「お雛祭ですので」と空也の桜餅と草餅のお箱を二箱も届けて下さったの。

それで、大急ぎで送ります。

茶色の封筒の中のジャーマンアイリスの写真は清水さんの畑の写真で「夏子さんに差上げて下さい」と云って下さったの。今日は、正雄の工作材料が大方で、がっかりしないでね。今日はお父くんの月一回の虎の門病院行きで、血圧上々で大よろこび。今帰って来たので、今日は、おひな様は、出来ず、草餅だけ食べます。

操ちゃんは七日ごろ氏家へ行くそうよ。おばあちゃんが、和雄の合格に大よろこびして手紙をくれました。読んで下さい。返さなくてもいいから。一生懸命拝んでくれたの。

足柄にも生田にも春風が吹いて、今年は、いいこと一杯ありそうね。

では、大急ぎで走り書き、ごめんね。

椎茸、オ、イ、シ、カ、ッ、タ、ヨ!!

日付不明

夏子どん江

先だっては、正雄の写真入りのお手紙、そして宝塚のあとのすてきなお手紙ありがとう。こちらこそ、おいしい干物やラムケーキ、わざわざ持って来て貰って本当にありがとうございました。

楽しかったねえ。夢の一日でした。

この暑い中毎日々々あの重たいお衣裳で二回公演で頑張ってるタカラジェンヌを想うと、「あつぃあつぃ」と云ってられないねえ。……とは云ってもこの暑さ!!

お父くんは南方型で、ますます元気だけど、この太陽の下で一日三回の散歩は、どう考えても危険だと思うので、度々云うのだけど、だめ。「分ってる。もう言うな」と云われて、矢張り、おひるにトコトコ出かけて行かれるのよ。考えようでは午前中の根をつめてのお仕事のあとの一番の解放感なのかもしれないねえ。

一昨日は山の下の二軒で、お中元に「武信(たけしん)」のトンカツ弁当の夕べをしてくれて、あの猛暑の中、梅干しを干して汗だくのあと、涼しい龍也の二階で、素晴しい机で、皆でトンカツ弁当たべて、あと、外のあの床几(しょうぎ)で花火をして、本当に楽しいでした。

翌日は、群像の編集長と、新しいお父くんつきの人が挨拶に来られ、生田の駅から汗だくで、お山の上までたどりつきました。いそいで西瓜と氷小豆を食べて貰ったの。

編集長曰く「クーラーを使っておられないところは庄野先生と小沼先生のところだけです。私も夏は暑い方が好きです」ですって。ほめてるのやら、慰めてるのやら分らない。

二十四日は、きのくにやさんから、お邪魔します。暑い時ごめんね。

でも、とてもたのしみ。何にもしないで、トーストとお紅茶だけ食べさせて下さい。

時間もないので、デザートも結構よ。

それで、おみやげ買う時間がないかもしれないから、先に、ゴチャゴチャ届けます。

二十四日は、塚原の駅からお電話します。

ではね。

十月十六日
背中に翼のあるイノシシさん江
もう、何より何よりおいしいアップルパイを、お父くんと二人で、たれ目になってデザートにいただきながら、今日の目ざましい、夏子アイレスバローさんの働きを話し合ったのは、三時間前。
そして今、もと夏子部屋の机に坐って今日一日の、まるで、五人もアイレスバローさんがいるような成果を一つ一つ思い浮べて、本当に本当にありがたいと、心から感謝しています。

トイレのドアに始まり、びしょびしょに濡れてガラス戸を洗ってくれるまで、普通の人にはとっても出来ない、すばらしい気力で、眼の前まっくらを一つ一つ片づけてくれて、もう、何時お正月がやって来ても大丈夫!! お母くんだったら、これだけするのに、頑張っても、五日はかかるわよ。もっとかかるでしょう。一週間位かかな。

お台所の網戸は、穴かがり出来てるし、石油ストーブはちゃんと位置にあって、おまけに灯油は満タンだし、プランターには、フカフカの土が入って桜草の可愛らしい苗が並んでいるし、大切な床几は、すてきな色に塗られてるし、何と何と藤棚まで見事に塗って貰ったし、網戸は物置に納ったし、ガラス窓はピッカピッカだし、防腐剤の重たい缶をわざわざもって来て貰って、その上、貴重な貴重なちゃぼさんの玉子、天下一品のアップルパイ、高価な椎茸の大箱。すぎな茶、これからかかせないすだちをどっさり、フーちゃんに可愛らしいおみやげ。正雄の戦車も絵も、とても上手でのびのびしてて、この才能をのばしてあげたいと思います。

さぞ、くたびれたでしょう。

そちらで毎日大忙しの日が続いているので、せめて我が家では、ゆっくりのんびりさせてあげたいと思っているのに、亦、それ以上の重労働の一日でちっとも休息出来なかったねえ、ごめんね。

そのかわり十二日のウタコさんは、絶対御招待させて下さい。

それから眼鏡のことだけど、矢張りこちらで小鹿倉さんに検眼して貰います。

夜も更けました。

良雄の山小屋まだスタンドがついているでしょう。合格を祈ってるね。

夏子アイレスバローさんに心からの感謝をこめて、本当に本当に有難う。

おやすみなさい。

明日もア、ッ、プ、ル、パ、イ、あるよ!! ワーイ。

十月二十六日

秋に生れた夏子どん
お誕生日おめでとう。

いつも爽やかな笑顔と、面白いお手紙と、眼の前まっ暗な時パッと明るくしてくれるお手伝と天下一品のアップルパイと、ラムケーキと……、まだまだ一杯あるね。

まるでみつ蜂マーヤのように、とび廻って、行くところに、笑いと勇気の花粉をまいてくれて、ありがとう。

元気で、たっしゃで、いて下さい。

平成三年

六月、長男龍也に長女恵子誕生
四月、『誕生日のラムケーキ』（講談社）、九月、『懐かしきオハイオ』（文藝春秋）刊行

八月十九日

いのしし娘さん江
夢のような、今でも夢を見てたのではないかと思う位楽しい一日の夜が更けて行きます。向ヶ丘遊園のホームで、夏子と正雄の笑顔にあったのが、もう夢のはじまりだったのね。それから、今までの、輝やく一日。

こんなに幸わせな幸わせなお誕生日をプレゼントして貰った人は、世界中にいないと思う位楽しかった。

心の、宝石のように大切に思っている人達がそろって、祝福して下さった一日は、忘れることが出来ません。

忙しい中を書いて貰ったカードの言葉。やき立てのアプリコットのタルトにミートのパイ。水戸黄門様の印籠から出て来るような、有難いお薬の「ういろう」（お値段みてびっ

くり）。

それから腰が抜ける程沢山のギフトカード（これは、あんまり多すぎる）、塩ようかん。

次に、半年、ハラハラして入ってたお便所のドアの大修理!!!

大好きな、ハンドバッグの復活!!!

もう眼の廻る程忙しい足柄山の生活の他に、こんなに、こちらのしてほしい事を覚えて、見事に完成して貰って、今、こうして書いていて涙ぐんでしまったの。

もう何回お便所に行ったかな。その度に、「ありがとう」と云っているの。

ハンドバッグは、さっきから押入れの中から、「どうもありがとう」と云ってるみたい（何だか怪談めいて来て、こわくなった。今、小泉八雲の「お貞」をよんでるから《原文だぞ》その影響かな）。

先だっては、おいしいフランス料理をいただいて、それから、こんなに輝やくようなお誕生日を夏の美しい思い出に残してくれて、本当に御礼の言葉がみつからない位です。

「まさおより」と書いた封筒から出て来た、素晴しい絵二枚。

何とほのぼのしたすてきな絵でしょう。

お皿に山盛りのごはんをもらって、うれしそうな、クロ（?）の表情。尻尾が画用紙の上に出てるところ。

紙を張ってもう一回描いたお目々。

幸わせそうなお日様。

もう一枚の、海辺の生物。

ひとで。蟹。やどかり。輝やく太陽。入道雲。見てると、波の音や潮の香りや、陽の光が、心の中にひろがります。本当に本当にいい絵ね。

あたたかい、真面目なそして才能のある絵で、これからがとても楽しみね。大切にします。

お夕食は、ミートのパイの横に、いんげんのソテーを（クロのお皿みたいに山盛りにして）、大根おろしに、新さんまのレモンかけ。サラダ、かぼちゃの煮つけでデザートは勿論コーヒーゼリーに、アプリコットのタルト!!!

お父くんが「おめでとう」と云って下さって、眼の前に、いのししさんや、まさおや、清水さんがにこにこしてるようで、生田のエリザベス女王様のような気持でした。

眼を廻しそうなギフトカードを、しっかと握りしめて近日中に、玉川の高島屋に乗り込んで、「こんなの買わして貰っちゃった!!」と、いのしし娘さんに見て貰うのをたのしみにしています。

本当に本当に今日はありがとう。

お休みなさい。もうー。

（心から感謝をこめて）

牛の母さんより

九月二十四日

夏子スポンサー様江

九月二十四日、11：00P．M．二子玉川髙島屋の一階ハンドバッグの売場で、買わせていただきました黒い皮のハンドバッグ!!!

すてきなすてきな大型の、かっちりした上等のバッグです。

いつものシルトンのバッグを持って行って、店員の親切そうな人に、「何時もこれだけのものを入れているので、これが全部入るのがほしいのですけれど」と一寸中を見せたら、その黒いすてきなバッグをあけて「お入れになって見て下さい」と云うの。「よろしいのですか？　自分で入れます」と云ったのに、「私が持っておりますから」と云ってバッグの口を大きくあけて待ってるの。それで一つ一つ入れました。

お財布。お札入れ。ギフト券。ティッシュペーパー。バスの回数券二個。お父くんの診察券や、保険証や、予約の紙の入った封筒。ハンカチ三枚、眼鏡。夏子どんに貰った、櫛とブラシと鏡のセット。うがいのコップ、英語のテキスト。通帳にハンコ。ボールペン。そのあたりまではよかった。でもまだ出るわ出るわ。お裁縫セット。口紅。コンパクト。栓ぬき（何でこんなものが入ってたのかな）。靴べら。お扇子二本。だんだん、はずかしくなって来て、「もうこれでいいです」と云ったのに「どうぞ全部入れてみて下さい」と、親切なのか、面白がってるのか知らないけど、云うから、「ええい」と思って、のど飴。ハイレモンの箱。半分食べて亦包んである明治のチョコレート。（あーあ、こんなことなら、ちゃんと整理してもって行けばよかった）と思ったわ。流石（さすが）にそのあたりでシルトンバッグの中味は、そのすてきなすてきな黒い皮のバッグに移って、あとは、くちゃくちゃのティッシュだけ。本当によく入る、いいハンドバッグよ。亦、一つ一つ、古いバッグに中味を戻して、きちんとうす紙で包んで、タカシマヤのさげ袋に入れてくれた時のうれしさ。。。。。うれしかったよー。ぶ厚いギフト券の封筒を、上品に渡して（いくら上品ぶっても、あの中味では後の祭りよね）、そのバッグは完全にオラッチのものになりました!!!

　本当に本当にありがとう。

十月二日の旅のプログラムに使い初めさせていただきます。

今日は、あんまりうれしくて、他の事が書けないのよ。

ありがとう。ア、ゲ、イ、ン。


ミセス・黒皮バッグ。

十月二十六日
我が愛娘、いの子さん江
いの子ちゃん!!
お誕生日おめでとう。
風邪もよくなってよかったね。
ちっとも知らなくてごめんね。
早朝から夜おそくまで働いてくたびれたところへ、この不順で、風邪めがとっついたのでしょう。

よくなってよかった。。。。

何回目のお誕生日か数えないけど、いつまでも、いの子は、ちびまる子ちゃんみたいなおかっぱの女の子のように、思われるの。

そんな時から、ずーっと、ふりかえると、いつもいつもお父くんやお母くんのすぐ後に、ぴたっと、くっついて、よく気をつけて手助けどころか、引っ張って行ってくれて、それで一歩も前へ出しゃばらないで本当に偉いと、そして大変なことだと感謝しています。

これからは、先ず、自分の健康のことを一番に考えて（それがお互いに出来ないのよねえ）、出来なくても無理に考えて、時には、ドタッとまぐろのようにねて（またまたそれが出来ないのよねえ）、そこを、グワンバッテ横着になって休養とってね。

スラックス、紺、茶の靴は伊勢丹へ行って買って来たの。

とてもはきやすい靴よ。じゃかじゃかはいて下さい。

おめでとう。（モー）

の母さんより

十二月二十四日

夏子様

今年はいいこと一杯あったけど、その中でも、超一級のいいことは、十二月二十三日と二十四日です。

小田原から、芦ノ湯までの、楽しいドライブ。夏子と仙液湯につかって背中まで流して貰って、本当にうれしかったよ。そして可愛らしい袋に一杯入ったクリスマスプレゼント!! りんごのオシャレなレイディのお菓子、フカフカの靴下二足ずつ。

正雄の一所懸命かいたカードと、超力作の長編小説。

もうこれだけでも、最高の贈物なのに、翌日の二十四日は、もう輝やくような一日になりました。

ほんわかあったかいお部屋に、ふわふわのお炬燵ぶとん。その上の食卓のお花と真白いお皿。お紅茶茶碗。焼き立てのホットケーキとオニオンスープとソーセージといんげん。お、い、し、か、ったよー。そして、いくらでも入るおいしい林檎。グレイプ。苺のフルーツの大皿。

前には和雄がにこにこしてるし(何ていい子でしょう。もう孫のホープね)、横には夏子と正雄。窓の外には、ちゃぼさんがちらちらしてるし、こんなあったかい幸わせなクリスマスを祝って貰った人は、少ないでしょう。

しめじ狩りや、お散歩も楽しくて、おまけに、舌切り雀のいじわるババアのようにおみやげをどっさりいただいて開成まで亦送って貰って、後片づけもせず、まるでグリム童話の「ならず者」のめんどりのようなマナーの悪さでごめんなさい。あんまり幸わせな二日でバチが当る位たのしかった。

帰って、ブロッコリーゆでて、トマトと胡瓜切ったら、もうお夕食が出来上り。其処に胡椒亭さんの御主人が、出来立てのケーキを届けて下さって（あの切ればくずれる、やわらかい大きなケーキです）、二人分、もうくちゃくちゃに切って、あと箱をかかえて、「ああ、夏子達にも食べさせてあげたいなあ」と思いながら、真暗い中を山の下へ届けました。皆大よろこびだった。

ビーフシチューに、ブロッコリー、しめじのスープにサラダ、デザートはケーキのお夕食がすんで、さあお風呂と思ったらお父くんが、いただいた書類に「目を通しとけ」と云われ、ひろげてみたけど分らない。それでお電話したの。

邦雄さんには本当に本当に御世話になりました。こんなこと、出来る方は身内では邦雄さんだけね。本当に感謝しております。

明日すぐにお立替え下さったお金を振込ませていただきます。

ロンドンのお紅茶や、特選のかに缶は大切にとっておいて、お客様の時に、それも、素敵なお客様のおもてなしにと思ってるの。

ではでは、こんなクリスマスをプレゼントして下さった足柄の、ミスター・クリスマスとミセス・クリスマスと、クリスマスカードの天使のような孫達に、心からの感謝をこめて、お、や、す、み、なさい。

ミセス・くつ下

平成四年

一月、『葦切り』（新潮社）、五月、『鉛筆印のトレーナー』（福武書店）刊行

二月五日

なつこバロー様

一寸早目のお父くんのお誕生日のとても楽しかったこと。

お父くんは、何より何より一番うれしい金時のお夏さんのお手紙を貰われて、「誕生日のラムケーキ」をデザートにため息と共に召上って、面白いほのぼのした話を一杯きかせて貰って、とってもも幸わせそうに、今、鼾（いびき）がブルースのリズムのように、六畳から、もと、おなつさんの部屋まできこえてきます。何より何よりうれしい、心のこもった千代紙の箱の椎茸。きれいな缶に一杯のちゃぼさん玉子。

その上、ぴっかぴっかにあの汚なーい棚を磨いて貰って洗面所もコップもお皿を入れる籠もきれいにして貰ってほんとにほんとにありがとう。

「春が来ましたよー」と云う声のきこえて来そうな一日でした。

たださえもの入りの時、手袋に沢山の出費をして貰ってごめんね。

ところで、私メは今、とってもはずかしく落ち込んでしょげております。

と云うのは、つまらない愚痴をぐだぐだとおきかせしたからなの。

皆、一生懸命に、大変な毎日を生きているのに、そのことも忘れて、身内の大切な人達のことを悪く云うなんて、もう、これは老人のエゴ以外、何物でもないわね。一番、いけないことよね。

今からでも、心して、これ以上、意地悪ババアにならないようにします。

正雄が、頑張って走ってる姿や、落ちない葉っぱをお守りにして良雄にあげたことや、それから可愛らしい「ニンニクさん」の顔を思い出すと、ほのぼのして来て、ああ、こんないい子に囲まれて、何て幸わせなのかしらと、思います。

良雄が、小田急沿線の受験の時は、よかったら、いつでも、ころがり込んでね。

こんちゃんは大よろこびで一宿一飯（こんな字でいいのかな）の御世話いたします。

これから広島の姉に手紙を書いて、宅急便を一個つくって、送ります。

何だか、カトリック教会の懺悔堂で云ってるようなお手紙になってごめんなさい。

今日は、本当に本当にありがとう。

吉報待っています。

だ、い、じょう、ぶ、よ、!!

おやすみなさい。


落ちこみのおっかさん。

平成四年

七月七日

歯痛娘様

とってもとっても楽しい半日、本当に本当にありがとう。

「ホットケーキとお紅茶」どころか、美味しい爽やかな冷たいサラダ。オニオンときのこのスープ。上等のハム。もうグランドホテルのお食事のようなおひるごはんと、その上に、ババロアにメロンに新茶のデザートと云うよりスイーツコースのお料理をもう一回いただいたような豪華さで、もう幸わせ一杯の午后でした。

それに太巻。スペアリブのママレード煮。上等のハム。いんげんまでいただいて、お夕食は太巻切って、サラダをつくってOK。大丈夫とは思ったけれど、わざわざ電話して貰ったから、椎茸を抜いたけれど、紅生姜がきいて、とてもおいしいでした。

「きのくにやさん」と、もう一つ、それより素適な「みなみあしがらや」さんと二つも最高のリクリエーションをしていただいて、顔も、体も、ハートも、つるつるのピカピカになって、戻って来たら、お玄関に、清水さんのアガパンサスとばらと桔梗の大きな花束と、おそうめんとじゃこが待っていて、家の中は、敦子ちゃんが、雨戸をあけて、風を入れてくれてお手紙も新聞もちゃんと重ねて机の上に乗っていて、待ちかねたように御近所の方がメロンを下さって、買物に行ったら八百清の小母さんが、果物より高いトマトを「食べてみて下さい」と云ってくれて、もう東西南北にお辞儀をしたいような気持になってしまいました。

歯痛が早く治りますように。

野田さんの奥様が早くお元気をとり戻されますように。神様、仏様、御獄神社の御神木の杉、ピアノの上のお写真にもお願いして置きます。

そうそう、廣子さんも、おつかれが出ませんように、と。

本当に、すてきなすてきな半日をありがとう。

あのね。いつか、オムライス食べさせてね。ね。ね（こんな型の 　）。

では、グッドナイト（感謝をこめて）。

歯いたくない（ないもの）母より

日付不明

毎朝、起きてお台所へ行って、どっしりした立派なテーブルが、朝の光線の中に輝いているのをみる度に、うれしさが湧き上って来ます。

お台所にいるのがもう幸わせで、高さも巾も、ぴったりで、便利なこと。それから、あの「チン」と云う電子レンジでいつもぬくぬくの御飯がいただけて、これも幸わせ。何だか夢のよう。

本当に本当にありがとう。

タッパーの中の梅干しは、去年ので、日本一、まずい梅干です。もう一つのは今年ので日本一、おいしい梅干しです。同じ紀州の高い梅なのに、漬け方でこんなに違うのよ。

正雄の感想文、いつか読ませてね。

よかったね。こちらも、お父くんの、はじめてアメリカで出版される本が、ニューヨーカーで激賞されて、とてもうれしいです。ミノーや、ブルースや、ジニーやケニオンの学長さんに、贈るのを楽しみにしています。

良雄に、「おめでとう」と云って、ささやかなお祝わたしして下さい。十一月十五日、たのしみね。とてもいいらしいので、ワクワクしてるのよ。

十月十日

ムカデと蜂に好かれてる夏子様
大阪から夕方帰ってみたら、操ちゃんのメモが、例の立派な机の上にのっていて「お姉さんからの宅急便がありました　生ものですので半分いただきます」と書いてあって、横に、うれしいお手紙が置いてあって、冷蔵庫に、さんまと鰺の干物が二枚ずつ、ちゃんとラップしてあって、その下の段に、アップルパイと、アップルケーキがちゃんと半分ずつ入っていて、電話の横には、きれいな缶があって、立派な椎茸が、これもちゃんと分けてあったの。よかったよかった。
安心したでしょう?
それで、もう六時ごろだったので、すぐさんまを焼いて、おいしいことおいしいこと。

生より、何倍も美味しくて、お父くんと、うなりながらいただきました。

そしてデザートは、アップルパイ。何と幸わせでしょう。あ、り、が、と、う。

でもお手紙見て吃驚(びっく)り。

どうして、そんなに蜂やムカデにさされるの？　蜂は、あんまりさされると、いけないのでしょう？

気をつけてね。本当に。おねがいよ。

大阪は、例によって、もう夢のように楽しい旅行でした。今度は宝塚はなくて、お墓まいりと、帝塚山の滋子さんのお家訪問と、至ちゃん夫婦と竹葉亭で、あのうなぎ会席をいただいたり、翌日は住吉神社へおまいりして、良雄の合格を一心に拝んで来たの。もう、志望校を書いた絵馬が、夕立のように、沢山下っていて、心こめて折った、千代紙の千羽鶴が、藤棚の藤のお花のようにぶら下っていて、「これは、きっと、御利益のある神様だ」と、つくづく思ったのよ。

丁度初辰(はったつ)さんの日でとても賑やかで、めでたい気分になって、きっと神様は「よしよしよく分ったぞよ」と云って下さるようでした。

そのあと、至ちゃん夫婦に、おいしいきつねうどんのおひるごはんをいただいて、もう十年ぶりぐらいで、滋子お姉さんのところに行ったら、もううれし泣きをしておられました。英二伯父ちゃんのところは、お留守だったけれど、今回は、一族の親睦旅行のようで本当によかったと思っています。

それと、吃驚りしたのは、竹葉亭の支配人が、「鉛筆印のトレーナー」を読んでて、夏子のお手紙のところをコピーして、お店に持って来て、女中さんが皆読んでいるの。

それで、この十何年かの間、いつも年に二回位来ては、うなぎ会席ばっかり食べる、得体の知れない、「うなぎ好きの御夫婦」の正体が分ってしまいました。お部屋に、「ウェルカム・フルーツ」は届くし、チェックアウトの時は副支配人が見送ってくれ、「お名前はかねがね……」ですと（ウソつけ）。

でも居心地は一層（いままでもいいけど）よくなりました。

来年四月には、行こうね。

十六日は、来て貰えるとうれしいけど、でも、そっちも大事だしね。

「実家の母が病気で倒れました」とでも云えば？（これは冗談よ）ま、あんまり無理しないでね。

では、夜もしんしん更けました。

おやすみなさい。

本当にありがとう。


さんまと鰺の油でつるつるのお母くん。

十一月六日
歯いたにめげず頑張ったイノコさん江

すばらしいお手紙と、天下一品のアップルパイと、伊豆の沖を泳いでいた美しいさんまの干物をどっさりと、長崎からわざわざ持って帰ってくれた明雄のおみやげのカステラと、柚子の入った、もう、うれしいうれしい宅急便本当にありがとう。

多忙。緊張。ストレス。アクシデント。まあ、よく笑顔で切りぬけたこと!! 読んでいて、こちらまで歯痛になりそうだった(でも何度も笑いました)。

百万ドルの笑顔も引きつったでしょう。廣子さんは、お疲れのところに、湯あたりされたのよ。温泉は、私達が考えてるよりずっと、強いのよ。

そこへ、邦雄さんが洗濯物と部下を連れてくる。冷蔵庫はからっぽ。本当に、どんなに大変だったことでしょう。

箱根山からは猪の一群が来る!!

まるで、ワイルダーの本を読んでるようで、明るく、逞しく、面白いお手紙。どんなに夜眠むい時に書いてくれたのかと本当に感謝しています。

油ののったさんまに、柚子を絞って大根おろしを添えて、おいしいお夕食のあと、天下一品のアップルパイをいただいて(カステラは、ピアノの上にお供えして明日デザートにいただきます)、大満足のお父くんは、もう、夢の国。幸わせな一日だった。

さて、十月二十九日の和也の引っ越しの日は雨だったけど、幸い小雨。早起きして、たらこ、しゃけ、のおにぎりにゆで玉子をつけたお弁当をつくって、九時ごろお父くんと山の下へ行ったら、まだ、運送屋さんが来てなくて、フーちゃんと、縁側であやとりして遊びました。

十時すぎに、「カルガモ引越センター」と云う大きなコンテナのトラックが来て、何と黒檀(こくたん)のような黒人と人の好さそうな男の人が来て、よく働くこと働くこと。

操ちゃんはお隣りの奥さんの車で先に行くことになり、フーちゃんが「おじいちゃん、さようなら」と云いに来たとたん、お父くんも私も、泣き出してしまいました（だらしないね）。

それから家に帰り、夕ごはんの支度にかかり、午后、お煮〆めや、お肉や、うなぎ弁当をもって、雨の中、イソイソと、読売ランドの駅まで行って、和也の地図を頼りに歩こうとしたら、何と、和也の車が眼の前にいて（お便所のウォーマーをもとの古巣にとりに行って来たのだそうです）、乗せて貰って、一戸建、土地つきの家の前に着きました。

静かな、感じのいい住宅地で、とても落着いた、上品な立派なお家なの。車から降りたフーちゃんはノッカーのある扉の鍵をあけようとして、頑張り、操ちゃんに手伝って貰って、どっしりした扉が開いたら、ジャジャジャーン、まあ、広々したお玄関。シャンデリアのある洋間。床の間つきの品のいい和室。

カーテンも、クーラーも、新しいのを前の方が残して下さって、本当にいいお家で、大よろこびしました。

邦雄さんもやった。和也もやった。

偉いねえ（お父くんもやった）。

そして皆高いところにお城をつくった‼

わたしゃ、本当に鼻が高いです。

とは云え、ちょっぴり淋しくて。そんな我儘云ってはいけないわね。

こんな近いところに移ってくれたのだもの。

今度行きましょう。

と、こちらの大イベントは、めでたしめでたしで、あとは十五日の涼風さんの笑顔がたのしみ。

「静物」と短編の入ったはじめての英訳の本は出るし、本当に、うれしいです。

では、又ね。幸わせを一杯ありがとう。

おやすみなさい。

同じ蹄をもつおっかさんより

平成四年

平成五年

十一月、庄野潤三の次兄、英二死去

二月五日

小亥の子の内待さま

一筆まいらせ候

「春は足柄、ようようにほころびそめたる白梅の白くたなびきたる、いとうれし」

今日は千年もさかのぼって平安時代の京都御所の梅見の宴におまねきをうけた殿上人のような優雅な楽しいお誕生日の会をほんとにほんとにありがとうございました。

蕾を一杯つけた枝ぶりのいい梅の木の下に、あったかい敷物をひいて貰っていただいたお花見のお弁当!!

さくらと菜の花ののったお寿司。リブロースのママレード煮(スペアリブね)。だし巻、ハム、ブロッコリー、ささみの串あげにお新香、お味も色どりも天下一品でした。

木彫のお盆に青い急須、香りの高い抹茶玄米のお茶と甘納豆。

うっとりする程おいしいミルクティーにショコラにおせんべい。赤い苺。

平安時代の殿上人は、こんな御馳走はとてもとてもいただけなかったでしょう。

お弁当の前のお庭めぐりもまるでオースティンの小説の英国の貴族の館めぐりのようですてきでした。

青い箱根の山脈。霞たなびく海。みどりの木立。何てのどかで美しい景色でしょう。

感じのいい、あったかい「風見鶏」でのコーヒーブレイクも楽しくて、その上ぬくぬくのアップルパイとショコラとおせんべいをおみやげにいただいて、忘れられないお父くんの七十二歳のお誕生日になりました。

幸わせを一杯いただいて心も体も満腹の「右大臣トサカ朝臣」と、「まだら牛式部」は、牛車ならぬロマンスカーでうとうとしてたらもう向ヶ丘に到着して、生田離宮に戻ったとたん朝日新聞から随筆の依頼の電話があり、例によってトサカ朝臣は一旦、おことわりになったけど、御気が変られまして、「今日の梅見のこと書こう」とおひきうけ遊ばされ、ハラハラしてた、まだら牛式部はほっといたしましたのよ。

立春あけに早速いいことが躍り込んだのも、小亥の子の内侍の、おかげです。

心からの感謝をこめて。

おやすみなさいませ。


まだら牛の式部（何回書くの、しつこいね）

平成五年

七月十二日

ポピンズ&アイレスバロー&ミセス・クリスマス……様

と、もう一杯つづけたい位、一昨日は幸わせ一杯の数々の、有形無形の贈り物を山の上に溢れさせて下さって本当に本当にありがとう。

考えるだけで、どうせ永久に実現しないだろうな、と思っていた、「もと、あんさんのお部屋」の床を、ピッカピッカに磨き上げて下さって、まるで英国の古いお館の角の、小部屋みたいになって、大切な机、スタンド、に、むかって、お手紙書いたり、本を読んだり、英語の勉強したり、落書きしたりする毎晩のゴールデンタイムが何倍にも幸わせな、ひとときになりました。

前世紀の地層みたいになってたベッドの下も、ワックスのいい香りがして来ます。もうこれだけで、泪がこぼれるほどうれしいのに、ガラス磨き、草ぬき、お掃除と、一日中働いて貰って、ロマンスカーの中では、ぐったりだったでしょう? ごめんね。

可愛らしいシャーリングのドレス!!

上等のメロン!!

ふんわりしたラムケーキ!!

有難いおいしい生麩の角煮!!

正雄のかわいい笑顔と、「にんにくのキャンプ」!! フーちゃんや恵子ちゃんにまでも、心のあたたまるうれしいものばっかりいただいて、もう今年は、なーんにもいらないよー。

シャーリングのドレスをいつ、着初めしようかなと、楽しみにしています。

そして今日は、井伏さんのお見送りに来て貰って、夏子がいてくれたから安心してお父くんをまかせて、飛んで帰り、お稽古に充分間に合いました。ほんとに、心強い、ありがたい。

片腕どころか、両腕にぶら下ってるみたいで、心から感謝しています。

井伏さんらしい、清らかで、さりげないお葬式だったわね。

でも、井伏さんとアーメンとは、どうしても結びつきません。眼をパチパチなさってるでしょうね。

看護婦さんと従業員の方々の讃美歌が今でもほのぼの浮んで来ます。

夏子が、ドレスがとってもよく似合っていて、すてきだったよ。

忙しい中をこんなうれしい贈物の一日を、山の上に持って来て下さったことに、もう一回本当に本当にありがとう。

おつかれ様でした。

グッドナイト、モォーウ。

屋根裏部屋ではなくなったお部屋のミセス・シアワセ。より

平成五年

十月二十二日

フェアリーみたいな夏子さんへ

この名前が、今、ほんとうにぴったりの気持なの。

ピーターパンスタイルで百万ドルの笑顔で一杯荷物せたろうて乗込んで来てくれたその時から、もう我が家はバラ色。（ほんとよー。）（うそじゃないよー。）

○神奈川新聞のコピー。

○マザーグースのような、楽しい写真（ほんとうにすてきな方々）。

○可愛らしい栄養満点のちゃぼさんの玉子。

○大きなアップルパイ二個。

○アップルケーキ二個。

○きれいな林檎。

○大きなジャムの瓶。

○敦子ちゃんのラッキョ。

○恵子ちゃんの、わにさんのおもちゃ。

○フーちゃんの魔法のペン。

○春夫ちゃんの汽車のおもちゃ。

○そして、ほっぺの落ちそうなローストポークのパイ。

これだけで便箋が一枚おわりよ。

それを、まるで羽根のようにかついで、休む間もなく、楽しい話を次から次へときかせてくれて、その間に植木屋さんに、おつゆ出して貰い、網戸を片づけて貰い、硝子をピッカピッカに磨いて貰い、更に恵子ちゃんの七五三の足袋を小さくして貰い、着物の揚げをして貰い、おひるの食器をきれいに洗って貰い、つまらないお母くんの愚痴を厭な顔もせずにこにこときいてくれて（もう絶対に言わないからね）、ごめんなさいね。

あっと云う間に、パラソルじゃなくて市バスで飛び立ったポピンズさんのあとには、もう、何にもすることがなくて、お夕食においしいおいしいローストポークのパイが待っていました。

ね、どう、自分でも、「アイ、アム、ア、フェアリー」と思うでしょう?

あんまりうれしくて、ことづけようと思ってた海苔やキューキョクのかつおぶしやゆかりや明雄のケーキ代までコロッと忘れてごめんなさい。

糸車の前の波緒さんを囲んだ糸紡ぐ乙女達のお写真が、とってもとっても素適で、グリム童話のよう。くれぐれもよろしく。

それから明雄にも、ちゃぼさんにもよろしく。

そして、心から感謝をこめて、幸わせ一杯、あ、り、が、と、う。

ハーディ・エイミスババア

平成六年

三月、長男龍也に長男龍太誕生

二月、『さくらんぼじゃム』（文藝春秋）刊行

五月二十五日

「足柄菓子司」のおかみさんへ。

暑い暑い日に一日お庭のお掃除や、エンヤコラの石運びして貰って本当に本当にありがとう。

野芝まで刈って貰って（そこまでして貰うつもりはなかったのよ）、とってもとっても助かりました。

気になってた、重たーいコンクリートを一人で運んでくれて、いかに、いつも重たいものをもって働いてるか、身にしみて分って、ほんとに偉いなあと、あとでお父くんと、感動してたの。

食後に、苺大福、おいしくおいしく、もう吃驚りしながら、「ほんとに自家製なの」と思い、信じられない位、形もお味も老舗のお店のようだった。

それと立派なグリーンアスパラのサラダオイル揚げが天下一品、鰺の干物も最高で、ママレードは、ハロッズのお店のよりおいしくて、うれしいものばかり百万ドルの笑顔と一緒にプレゼントしてくれてありがとう。

あとで、「歌劇」を渡すのを思い出してくやしがっています。

翡翠のような美しい石けんは早速今夜使い初めするわね。

今度宅急便の中に入れます。

「デイビッド・コパーフィールド」の話してた時、あの、にくたらしい男の名前を思い出そうとして、出てこなかったのが、夕ごはん食べてたら、サドンリー「ユライア・ヒープ」と浮んで来て、この頃何でも、思い出すのが、二時間位（もっと二日位）かかるので、困っているのよ。

と、この辺で、ストップして、パジャマに着かえることにするわね。

明日の朝、トーストと、ママレードが楽しみです。

苺大福作って下さった皆様に心からの御礼をおつたえ下さい。

本当にありがとう。

九月十九日

夏子どん

昨日は、お父くんと上野へ「一水会」の絵を見に行きました。

いつも少女の素晴しい絵を出される川上一巳さんが今年も「少女」と云うそれはそれはいい絵を出されて、もう心が、清らかな流れに洗われるようだった。顔が夏子の少女のころに一寸似ていました。買って来たから、今度来てくれた時、見せてあげるね。去年お出しになった「留学生」と云う作品と、同じ部屋、同じ椅子、モデルもきっと同じでしょう。あと上野の「藪そば」で、手打ちそばの打ち立てを二枚ずつ食べて、心も体も贅沢な一日で、おまけに、寝る時にラジオできいた、ニューオリンズのディキシーがとびきりよくて、まあ何と、いい一日だったかと思ったわ。

「ヘリオット先生」の下巻がとても面白くて、ほのぼのとしたお話が出て来て、本当にありがとう。

明日は良雄のバースデーでしょう。雀の泪くらいのケーキ代同封します。

「おめでとう 　　より」と云って下さい。

来週は、大阪へ行きます。

今度は、宝塚ぬき。お墓まいりと、英二伯父ちゃんのお見舞で、一寸気持が重いのですが、お父くんもだんだん現実を承知されたみたいなので、オッカナ、ビックリ行って来ます。

明るく、知的で、しっかりして、そして優しい晴子ちゃんがいてくれるので、安心してお見舞に行けます。

一年間、ずーっと金剛から通って、三人の孫も交替で、土、日は病院へ行って車椅子を押したりお茶を飲ませてあげたりしているのですって。出来ないことねえ。偉いねえ。

東にも西にも孝行娘さんがいるので、幸わせね。

何にも入れるものが思いつかなくて、大いそぎで「なすのやさん」から送ります。

では、お元気で。

コングラチユレイションズ!!

良雄。


大事なこと書きおとしてたけど、この間いただいた、蟹の金缶、もう天下一品だったの、い、い、い、い、ありがとう。

十月十八日
いのこ様
さっき、とってもおいしいラムケーキを食後にいただいて、楽しい一日をお父くんと話したのよ。
忙しい忙しい中を、山のようなお土産と一緒に来てくれて、あっと云う間に網戸が片づき、ガラスはピカピカになり、面白いグリンヒルの出来事を一杯きかせて貰って本当に楽しいでした。

あとで、干物とおもちゃやエプロンや長ぐつにお菓子に梨を入れて送って、操ちゃんに電話したら、とってもうれしそうな声だった。それから、山の下へ行ったら龍也がいて、恵子ちゃんが電話のおもちゃ、大よろこびして、
C「モシモシケイ子ちゃんですか？」

K「そうです」

C「おひる、なにたべたの？」

K「おうどん、マミとたべた」

とか、しばらくお玄関で遊んだの。

きれいな音で鳴るのよ。それでよけいよろこんでいました。

りんごが、「さあ、パイにして下さい」と云うように一杯あって、うれしくてうれしくて、明日虎の門病院から戻ったら、早速焼こうと、胸ふくらませています。

うれしいな。干物も明日、いただくことにしたの。今日は、粗食にするの（いつも病院の前日はね）。

市松人形とおべべの生地を全部押しつけて、ごめんね。

でもほんとにほんとに助かった。

どうしようかと思っていたのよ。眼はショボショボだし、時間はないし、手先は不器用

だしの三重苦でしょう。

お隣りのおばあちゃまに、くれぐれも御礼を伝えて下さいね。

今日は弾けなかったけど、明日は「トム・ソーヤの歌」を弾いて、唄ってみます。これも楽しみで、胸がふくらむの。

幸わせ一杯いただいて、本当にありがとう。十一月六日まで、お元気で。おやすみなさい。


モー、シヤワセの 　より。

十月二十六日

いのしし娘の夏子さま
おたんじょう日おめでとう。

足柄山の山奥でいつも元気に明るく、人のために身を粉にして動き廻り、いつもいつも、生田の一族のことに気を配ってくれてほんとにありがとう。

今年は、「庄野家之墓」が、おかげで出来上り、我が家に、二台目の冷蔵庫がどかーんとすえられ、お正月には箱根の大空を専用機でかけめぐり、和也のところには、名犬ジップがやって来て、もう「光は足柄より」と云う位ポピンズさんのおかげをいただきました。

これからは、自分の健康にもよく気をつけて、元気でいてね。

そして、わび、さびの境地に近づかなくてもいいから、いつまでも、今のポピンズさんでいてね、おねがい。
では、心からおめでとう。

牛のかあさんより

平成七年

三月、『文学交友録』（新潮社）、九月、『散歩道から』（講談社）刊行

四月九日

ローソク&シャボン・夏子様

阪田さんの「ローソクの歌」がそのままお人間になったような、ピンクのローソクさんが山の上に、一杯、一杯すてきな贈物を、まき散して（本当に、まき散らして下さったと云う感じ）、とってもとってもありがとうございます。

セントポーリアも、浜木綿（はまゆう）も、にこにこしているのが分るし（ほんとよ）、書斎のガラスはぴっかぴっかだし（ハ、ハ、ハズカシイけど、暮に、磨いてもらった時から、ただの一度しか拭いてないの）、お風呂の中は、輝やいて、オリンピックのようなメダルが、輝いてるし、ピアノの横には、水仙やチューリップが「春ですよ」と、うたっているし、お夕食は、ナバナのおひたし（天下一品）と笹の香りのごはんと、ごまどうふでまるで「鈴廣」みたいで、お食後は、ラムケーキで、もう、大満足のあと、メダルの沈んでいるお風呂にゆっくりつかって（ほんとにほんとに、お水が、とろっとしているのが分ったわ）、

湯上りに、ゴディバのチョコを一個たべて、正雄の「にんにく」の可愛い本と、すてきなお手紙をもう一度ゆっくり読んで、もう、「この世をば、わが世とぞ思うもち月の、かけたることもなしと思えば」と云う藤原道長の歌そのままの気持で、ぐっすりねました（マ、この教養、オホホホホ）。

そして今日は、津南米にちゃぼさんの玉子を落していただくつもり。もうおかずは、何にもいりません、と云う位です。ちゃぼさんに、よろしくよろしくおつたえ下さい。

今朝は、久布（くぶ）ちゃんお手製のパンをあぶって、バターとアプリコットジャムの朝食が、もうおいしくておいしくて。そしてお手紙の字と文章が美しくて何と情緒の安定した方でしょう。こちらの心がふっくらしてくるようでした。

お風呂のメダルをこっちにおかりして、夏子とこの全員、今までのお湯とちがってくるのではないかしらと心配しています。ごめんね。

冷蔵庫に、生ぶしと、鮭茶漬をみつけた時の、がっかりしたこと。でも、おかげで、お紅茶やらグリーティングカードあげられてうれしいです。

では、では、この辺で、心からの感謝をこめて、あ、り、が、と、う。

オホホ、ホ納言。

○正雄の本、十四冊になりました。宝物にするね。

○サラミ、ソーセージは敦子ちゃんから、「ワンちゃんにでも」と云ってたので「いいえ、邦雄さんのおつまみになるわ」と云いましたとさ。

九月十六日

孝女夏菊さん江
お葉書ありがとう。

面白かったよ。

波緒さんからも美しいお葉書をいただきました。

今日は台風がそこまで来てるので、この宅急便中止しようかと思ったのだけど、もうパンは買ってしまったし、早く本を届けたいしで。もうええい。台風をどこかへねじまげちゃえと思ってお送りします。本を届けたい小包なのであとはパッキングがわりだから。

大根葉の干したのは、炊き立てのごはんに、パッと入れてまぜると、とってもおいしい栄養満点の菜めしが出来ます。お米から入れたらだめよ。必ず炊き上ったところへ、パッと入れるのよ。もう一つのきくらげは、お水でもどして、酢味噌和えにすると、これも栄養満点の、さらし鯨の酢味噌和えみたいで、これにとろろ味噌汁とチャボ玉子添えたら天下一品のお食事になるよ（でも一寸、ミートが足りないね）。

お父くんの随筆集は孝女夏菊さんのおかげで、香り高い本になりました。

正雄の出て来るところも、とても面白いね。

では、御褒美に御期待を。

台風にぬれないでよ小包さん。

牛の母さんより

十月二十六日

亥の娘へ

おたんじょう日おめでとう。

毎年このカードを書く度に、あ、今年もこんなにして貰ったなあ。あんなこともこんなこともと楽しい事が行列になって浮んで来ます。

唯の一度もいやなことは浮ばないの。

本当に、偉い、亥の子だと、牛の母さんは、よだれがたれる程モーうれしいよ。

元気でいてね。

平成八年

四月、『貝がらと海の音』（新潮社）刊行

三月五日

ワンダフルドーターー様

あったかーい心がこちらの胸一杯にひろがって行くような一日を、本当に本当にありがとう。

風の入らない陽だまりの梅園で、美しく美しく、咲きそろった梅に囲まれていただいた熱いお茶と梅の実まんじゅうは、古の大宮人になったような心地でした。歌心があれば、すらすらと「久方のー、つじむらのそのー」と、一首詠めるのでしょうが、こちらは、ただただうっとりするだけの、幸わせなお茶のひとときでした。

そして見事な見事な廻廊に囲まれたあたたかいお部屋での、おひるのお食事。ほうれんそう、ハム、玉子、ツナのミックスサンドに、香りのいいお紅茶にほうれんそうのスープ、苺と文旦のデザート。

とってもとってもおいしくて、おもてなしのハナマル印で、ほのかに香るお香や、マリオの可愛いしぐさや、お家の隅々まで行き届いた、カーテン、置物、お座ぶとん、額、お花に、住みよくする心意気が伝って来て、こんなにするには、夏子が、もう三人前も四人前もの働きをしてるんだなーと、心の底から感動してしまったのよ。

斉藤さんのおばあちゃまの、笑顔の何てすてきなこと。ほのぼのしてしまいました。

上等の海苔や文旦や、クリスタルの美しい時計や、古のなつかしい思い出の詰った歌の本（何とものもちのいい子でしょう!!）をしっかりかかえて、そしてたのしいうれしい一日を大切にこぼさないようにもって帰って、もう一度「ああたのしかった」と、ゆっくり思い出しているの。

丁度、お海苔がちょっぴりになっていたので、とってもうれしかった。でも、あんなにそちらでも使われるものをいただいてごめんね。亦池田屋のお味噌でも届けさせます。

伊良湖ビューホテルの旅、いい思い出を一杯一杯つくって下さい。

必ずシーサイドの海側の食卓でお食事してね。

フランス料理と中華と一日ずつはどうかしらと、こちらまで、うれしくなっています。

フラワーセンターに、前は可愛い木曽馬がいて小沼さんが「やあ」と声をかけられると、トコトコ柵のところまでよって来たこと思い出しました。

もう十年も前のことだよなあと、吃驚りしています。

幸わせを心から感謝しつつ、おやすみなさい。


ハッピーマザー。

六月二十六日

大蛇のニュース速報到着!!

もう吃驚りして、こちらまで鳥肌が立ちました。それにしてもよくやったねえ!!! 斉藤さんのおばあちゃんも偉いねえ。ジロっとこっちを見た蛇の目。ああ、思っても、卒倒しそう、その上あごをはずすなんて（もういやだ）。

もう、よくそれだけ見たと、流石に、その観察力に、感動したわ。こわかったでしょう。

二度と再び、その大蛇が現われませんように。祈ってます。

母性本能にあふれた黒いチャボさん、きっと卵のまれてるの見て、立ちむかったのよ。

それを助けた夏子とおばあちゃんも、何と母性本能にあふれてることでしょう。

ああ、よかった。

日付不明

頼りになる頼りになる夏子さま
一番に、何でも送ってあげたい人がこんなに後まわしになってごめんね。

今ね、つ、つ、ついたのよ。書斎に、「霧ヶ峰」と云うエアコンがあ。庄野家開闢（かいびゃく）以来の出来事でしょう。

それも、夏子のさっきの電話の一声でよ。

孝行猪娘さんの鼻嵐の一吹きの、偉大さ!!!

欄間の網戸と云い、エアコンと云い、私が一生、あきらめてた夢の出来事がまるで奇跡のように、「マンハッタン不夜城」のように、生田に、あっと云う間に実現するなんて、もう、どう感謝していいのか分らない。

網戸はまだ出来ませんが、その中(うち)にすてきにすてきにつくって来て下さることでしょう。

書斎は、これで編集者の方が、ふうふう云って坂道を登って来られても、少し、涼しい思いをして下さると、それが、何より何よりうれしいのよ。今までそれが悪くて悪くて、胸がしわんでいたのですが、私の云う事は、何でも、素通りで、もう悲しくて、編集者の方が帰られる時、門のところで「ごめんなさい」と、あやまっていたのですが、もう大丈夫。

そして、夜、ふうふう云って、アイスノンのっけて暑い暑いお部屋で眠らなくても、網戸から、子供達が、うちわであおいでくれる風が入ると思うと、幸わせな幸わせな気持です。

これもみんなみんな猪さんの一吹きで実現したのよ。ほ、ん、と、に。

あんまりうれしくて夢をみているようです。

今、こんなお漬物届いて、家は、冷蔵庫がパンク状態で、夏子のところも、きっとそうだと思うけど、何処か、まき散らして下さるところがあればありがたいと思っておしつけます。スノーマンのバスタオルは、すてきだから、誰か使って下さい。服地は、いい服つくってね。これは、私のささやかな猪大明神さまへの、お賽銭でございます。

あー、ありがたや、パチ、パチ（二拍手）、一礼いたします。あ、り、が、とう。

八月四日

夏子さまさま、正雄さまさま

まるで夢みたいな、それも、とびっ切り、うれしい夢みたいな出来事がずーっと続いています。

○草と落葉に埋もれてたお庭がすっきりと、公園みたいになったこと!!!

○欄間に、美しい網戸がぴたりと入ったこと!!!

○暑い暑いときにちゃぼさんががんばって産んでくれた玉子が、ズラリと冷蔵庫に並んでいること!!!

○紫蘇の葉のジュースがちゃんと出来てて、今年も秘薬をお父くんが飲まれたこと!!!

○ビールをワンケースも、まあ重たいのに下げて来て貰って、どっしりと酒蔵に落ちついたこと!!!

○おいしい茄子ときゅうり、そして小葱が一杯（いつでも、さっと出しておつゆにふりかけたり、お魚の上にかけたりしています）、冷蔵庫で笑ってること!!!

○一年に一回しか使わないバスマジックリンで正雄が、お風呂場もタイルもピカピカにみがき上げてくれたこと!!!

○お使いに二人で行ったら、買物籠もビニール袋も全部もって行ってくれたこと!!!

そして、一番うれしい夢は、輝やくような夏子の笑顔!!!!!!

一所けん命、毎日を、まわりの人のために犬のために尽くしてせぃ一杯生きてる人だけに神様が下さった、笑顔です。

ウタコさん、有森さん（マラソン）、やわらちゃん、と同じ笑顔で、ほんとに、ちょっぴりの人しか持てない笑顔に、吃驚りしたり感動したり。

でも、くたびれたでしょう。暑かったでしょう。

あれだけのお庭のお掃除を、遠いところから来てくれて、やってくれて、亦、電車でもどるなんて、むちゃよね。

ほんとは、お父くんと、「夏子は、良雄の引っこしや、いろいろ忙しくて、くたびれてるから、今日は、実家の涼しぃお部屋で、のんびり休ませて、あげようね」と話してたのに、休むどころか、汗一杯の一日をプレゼントしてしまって、ごめんね。これでお盆までに、藤の蔓だけ切ればいいの。ほんとにほんとに助かりました。

そして翌日（昨日）坂本さんから建具屋さんが二人来てくれて、ピタリ納まりました網戸。枠も、網戸も、我が家の柱と同じ色。まるで、昔からあったみたいで。

昨夜寝室に入ったら、涼しい空気が六畳一杯で、爽やかさにうれし泪が出ちゃって、欄間にむかって「アリガト」と云ったと思ったら、もう眠ってたのよ。

これでアイスノン頭にのっけなくてもいいね。朝まで一回も眼をさまさずに、グーグー、ガーガー眠りました。

何より何より何より何よりのプレゼントありがとう、幸わせを心から感謝しています。

正雄もありがとう。

うれし泪の

より

十二月二十九日

こちらが手伝いに行ってあげたいくらい大変な時に、よく暮れの大掃除に来て下さったと、それだけでも申しわけなくて、どうしようかと思っているのに、重たい山のようなおみやげをさげて!!! 御礼と感謝の言葉がみつからない位です。

アップルパイ。お水。おようかん。切り干し大根。干物。ジャム。コンソメ。イクラ。みんなみんなおいしいものばかり。

アップルパイは、本当に、天下一品で、何より何より好きです。どこのケーキよりも。干物も最高。そしてお父くんにすてきなシャツと靴下のプレゼントまで。

ピカピカになったガラス、すっきりしたお庭、いつの間にかいけてくれたお葱までうれしそうで、幸わせな幸わせな気持よ。

本当に今年も、夢一杯、幸わせ一杯、いただいてありがとう。

お正月は、本当に手ぶらで来てね。待ってます。

邦雄さんにもくれぐれも御礼をおつたえ下さい。

平成九年

四月、『ピアノの音』（講談社）刊行

二月四日

今村アイレスバロー様

アイレスバローさんの二乗、いいえ三乗位、もう、眼のさめるような働きと、天下一品のアップルパイとちゃぼさん玉子と、梅酒にお菓子と輝く笑顔と、ピッカピッカのお手洗とガラスと、お部屋をプレゼントして、足柄山に飛んで帰ったあと、今も爽やかな空気と、笑い声が一杯。

お手洗いに行く度に、あまりのうれしさに、その度にうれし泪が出てくるのよ。

いつもいつも汚ない仕事ばかりして貰ってごめんね。

デザートのアップルパイは、もうもう、これ程おいしいお菓子はないと思う位でした。

どうしてこんなに上手に焼けるのでしょう。

それから、黄水晶のように澄み切ったレモンピール（ピールと云うのはもったいない）。「薄氷」とか、「月の光」とか（ちとオーバーかな）云う名前をつけて、和菓子屋さんの美しい箱に少し入れてお店に出したいようなすてきなお菓子ね。これは、緑茶に一番ぴったりみたい。

夏に、クリスタルの小鉢に入れて冷やしていただくと、どんなにすてきでしょう。レモンだから、夏バテなんか、すーっとなくなるね。足柄の村おこしになるよ。

それにしてもコーラス楽しかったねえ。

うたってて二人の声が（声帯が似てるのね）一つになってきこえてくるうれしさ!!!

来年は、大阪のグランドホテルの九階のお部屋で阪田さんにきいていただくのがたのしみ。どうぞ実現しますようにと祈っています。

夜、「白銀（しろがね）の糸」をうたおうと思っても、どうしても吹き出しておしまいまで歌えないのよ。

もう、この歌は、一生、笑い出して、上手にうたえそうもありません。

良雄、目出たくグラジュエイト出来ますように祈っています。それから、いよいよ夏子のところも、小学生がいなくなるね。

今はみんなかぶってないけど、昔は黄色い帽子かぶってたから、和也が小学校を卒業して、我が家から最後の黄色い帽子がカナリヤのように、とんで行ってしまった時、うれしいような淋しいような気持になったことを思い出します。

でも大変なのは、これからよね。

やりがいのある仕事がわんさとあるから、心と体をうんと大切にして鍛えてね。

と、えらそうなことを書いたけど、私めは頼りっぱなしの笑い牛でしょうがないね。
心からの感謝と共に、ありがとうございます。

笑い牛の 

四月

サンタクロースみたいな夏子さま

大阪からの、キラキラ旅行から戻ったら、足柄山から、小さい宅急便が届いて「ハテナ？何だろ？」と思ってあけたらうれしい楽しいお手紙と（クラス会よかったね。どんなに皆しゃべりまくったことでしょう）、それから、キャー、出るわ出るわモンテクリスト島の宝物のおすそ分け!!!

おすそ分けと云うより、これはもう掠奪よね。十一組（お手紙のを入れて）も、きれいなきれいな夢一杯のグリーティングカード、それもセンスのいいすってきなのばっかりいただいて、とび上ってよろこんでいます。でも、もうきっと、青山のクラスメートや御近所にまき散らして、なくなったでしょう？　私が三分の一とっちゃったんだものね。

実は、あの時「あんな福袋買って、何が出てくるか分らないのに」と心の中で思っていたのよ。訂正いたします。

ほんとに福福福福福袋だったねえ。

もう二、三袋買ったらよかったねえ。でも私達がそんなことをしたら、夢中で皆にまき散らして、あっと云う間になくなってしまうのは分りきったことよ。

お父くんの「ピアノの音」お届けします。

「赤と金」ときいていたので、びくびくしていたのですが、赤ではなく、茶色の落着いた装丁ですてきでよろこんでいます。

売れますように祈っています。

増刷になってお父くんに御褒美いただいたら（若しもよ）分けてあげるわね。

おみやげの宇治茶少しだけど飲んで下さい。五月二日は八十八夜でしょう。だから、新茶の前なので少しだけにしました。

お菓子はいただきものばっかりです。

大阪、宝塚は、ほんとにほんとに楽しくて夢のようだった。亦くわしく話すけど、来年は絶対行こうね。

晴子ちゃんも悦子さんもよろこばれると思うからね。

では、とりいそぎ走り走り書きでごめんなさい。

クリスマスの朝みたいな牛の母さんより

十月二十二日

とってもかわいいお洋服の亥娘さんへ。

ブラウス、ベスト、スカートのとりあわせ、まるでスイスの娘さんみたいだったね。

本当にすてきで楽しい大安吉日でした。

ガラスもお庭もピカピカで、幸わせそう。いつの間にこんなにきれいに草ぬきをして貰ったのでしょう。

グレイトグレイトヘルプで、一週間位お庭掃かないどこうーと。

ちゃぼさん玉子がかわいいお籠に入ってどっさり（あのお籠もらっていいの？）。それから紅白の玉子のお菓子（これは昔からある岡山の「つるの玉子」と云う銘菓と同じで、おかあくんが三つ位のころから、何より好きだったのよ。いつも岡山の伯父がもって来てくれてたの）。

久しぶりで、正雄じゃないけど、小さい時の記憶がよみがえりました。

やさしくて、おめでたくて、こんな時ぴったりの上品なお菓子ね。

それから、あの、た、た、た、たくさんの「アリガトウのお水」!!! 重かったねえ。ほんとにほんとにありがとう。

大切に大切に飲んでたのだけど、夏かぜの時になくなって、最後の一本は、二人がいざと云う時にと思ってキープしていたので、とってもとってもうれしいでした。

何より何よりうれしくて、さっきから、押入れのところを見に行っては、にこにこしています。

それから、デニッシュスペシャルの、おいしいことおいしいこと。正雄達が、いくらでも食べたいでしょうに、こんなにどかんといただいてごめんなさいね。

こんなほっぺの落ちそうなおいしいパンをいただいて、もうエリザベス女王の朝食でも、これ程のものは召上らないと思っています。メニー、サンクス。

あれから、梅原家直送の焼豚ワンブロックと、コケコッコー二個と、ちゃぼさん玉子五個と、もって山の下へ、報告に行きました。もう話しても大丈夫だものね。

あつ子ちゃん、「どんな方ですか？ お姉さんみたいな方ですか」と、尋ねていました。よかったねえ。何しろ、明るい御家庭だから。こちらも負けずに、明るい家だから、もう、手のつけられない程明るい家庭がもう一つ出来そうね。アハハ。

今読んでるモンテーニュの「エセー」の中で「人生は、明るく、楽しいものがいいので、悲しいこと、暗いことを話したり、それをしかめ顔して考えたり、人と争ったり、かげ口をきく人を私は好まない」と云ってる。面白くて、一寸下品で偉らーいオッサンで、私のこれからの大切な座右の本になりそうです。二十年後に読んでみて下さい。見つけてプレゼントするから。

操ちゃんにも電話したら、ふうちゃんが出て、「お母さん今、手がはなせないので、あとで電話します」と云うので、きっと、お風呂か、お手洗だろうと思ったら、矢張りお風呂だった。

いつの間にか、こんなにちゃんと「手がはなせませんので」など云うようになったので吃驚りして、操ちゃんに褒めたら、そう教えていたらしく、「お母さんなら、お風呂でも、トイレでもいいのですが」と云って笑ってました。

そして和雄と聡子ちゃんのこと、心から喜んでくれました。あの子（操ちゃん）は、本当にあたたかいすてきな子よ。

何だか長くなってお時間とらせてごめんね。

いいことが山積みになってくるから、くたびれないでね。

そして、三人の子供を結婚させたベテラン（？）おかあさんに何でもきいて下さい。

一番経済的ですてきで心のこもった方法教えてあげるから。

皆、偉い年輩の方々から教えていただいたことばかりだから大丈夫よ。

ではでは、幸わせな一日のプレゼントに心からの感謝をこめてありがとう。

うれしいうれしいうれしいうれしい牛の母さんより

○明雄のバースデーのケーキ代渡すのうっかり忘れてたので（用意してたのだけど、あの忙しさではね）、裸で入れときますから、渡して下さい（オメデトウと云ってね）。

十一月八日

亥の子さま

行って来ました夢一杯の大阪の旅。

とってもとっても楽しい、すてきな旅行でした。

阪田さんのお話も由佳理ちゃんの歌もピアノをひいて下さったパートナーの高上さんと

云うお嬢さんも、すばらしくて、まるで「ドリトル先生と緑のカナリア」を読んでるようでした。阪田さんがドリトル先生で、うすいグリーンのスーツを着て、美しい声でうたう由佳理ちゃんが緑のカナリアのピピネラで、神様が弾いておられるのかと思うような、澄んだ音色でピアノの伴奏をして下さった高上さんはジップです。

バウホールの「白い朝」も心にしみるようないいお芝居でした。

二日の日の法事も五十年ぶりに、里子さん啓子ちゃん育ちゃんとその御主人と、すっかり成長して社会人になった子供さん五人にお目にかかって、皆、とっても立派で、本当にうれしいでした。

出るわ出るわの立派なフランス料理をいただいて、その日にこちらに戻って、すぐお手紙書きたかったのだけど、何しろあちこちのお礼状が昨日までかかり、お土産くばりや、編集者の方が見えたり、昨日は芸術院の会で亦々、目のくるくる廻るような日がはじまっています。

山田さんが心をこめて作って下さったセーターと、おみやげの宇治茶を送ります。

セーターは、アルパカと云う最高のにしていただきました。ツイードみたいに一寸お色がまじっているの。

模様は「万葉の花と鳥」とか云う題で、胸もとと背中に小鳥さんが、そしてまわりに木が浮んでいます。

すてきでしょう。

お父くんには、お値段、ムニャムニャと云っといたから、そのつもりでね。今まで知らなかったのだけど山田さんは編物の世界では、知られていらっしゃるのですって？　こんな偉い方が御近所におられるのだから幸わせね。波緒さんに見せてあげたら感心されるかもしれないね。あったかいから、すぐ着て下さい。

「寸法の合わないところがあればお直ししますから、御遠慮なくおっしゃって下さい」とのことです。

和雄達のお目出たい式の日どり、電話でうれしそうに云って来てくれて、私達も大大よろこびしています。

聡子ちゃんからも、先だっての夜来てくれた時のお礼のお葉書をいただいて、葉書も長崎の眼鏡橋の、美しいまるで美術画のようで、文章も字も折目正しく感心しました。よかったねえ。

ではこれから、箱に詰めます。

風邪ひかないで。

食べすぎの牛より。

○何しろお父くん、食慾の塊みたいに大阪では毎日、うなぎ、牛肉（それもステーキ）ばっかりで、とどめが、リッチなフランス料理でしょう。つき合ってた私めは、もう大変だった。おいしかったんだけどねえー。


電話してよかったよかった。

勝手な時だけ電話してごめんね。

では、宅急便なしのお手紙だけ、お先に届けるね。

シー、ユー、十二日。

十二月

夏子さまへ
「新潮」の新年号に新連載が出ました!!

うれしくてうれしくてめでたくて、よく書いて下さったと感謝しています。

その外、短編の随筆も出て、本当に今年も何とか、暮せて、「よかったね」とにこにこ顔です。はげましてあげてね。

忙しくて正雄のお誕生日が来てしまいました。気にはしてたのだけど、何しろ毎日眼が廻りそう。先だってのパン、もう天下一品だった。

正雄には、お菓子の袋と、気持だけの御祝が入っています。何か買ってあげて。お金のままあげるよりその方がいいような気がするの。ではね、おめでとう。

平成十年

六月、夏子の長男和雄結婚
四月、『せきれい』(文藝春秋)、十月、『野菜讃歌』(講談社)刊行

一月二十一日

南足柄レスキュー部隊隊長殿へ

雪に埋もれて二週間。物置までの道路の開通。ごぼう、大根の救出、灯油の運搬並びに、満たん。お掃除、本当に本当にありがとう。

一米の雪にとじ込められて、灯油をとりに行くのに、ネットかぶって、長ぐつはいて六畳から廻って、一升瓶で一本ずつふうふう云ってたのが、ウソみたいに、すいすい行けて大助りしています。

龍也、和也、御近所の方も皆とってもよくして下さって、雪も幸わせだなあと、つくづく思って感謝しています。

コロッケがとってもおいしくて、お食後のくず切りもさっぱりしてて、すてきなお夕食を食べ、すぐ片づけて、チョコレートたべて、「ああほんとによかったなあ」と、バラ色

の一日をふりかえっているところ。

寒い中をガンバッて生んでくれたちゃぼさんにも、肉の厚い見事な椎茸さんのけなげさにも感謝しています。

それから、おいしいりんごのジャム!!!

りんごがいいのか、煮方がいいのか、ほんとにおいしくて、一日二食パンをいただく我が家のたのしみがふえました。

前から一回歌いたいと思っていた「逝きしユーラリイ」も、（私はとちったけど）うたえて、とってもうれしかった。昔からだけど歌をうたうのは、しゃべるより好きなので。

今度は、トチラズに、うまく歌うからね。

春には、「たすけて!」と云ってる浜木綿の救助おねがいね。

あのあと帰ったらお玄関に、雲間草（くもまぐさ）と白いマーガレットのようなお花が、にっこり樽の中からほほえんでくれて、もう、うれしくてうれしくて思わず、「ありがとう」と声をかけました。

今年も、歌をうたって、お花を植えてピアノを弾いて、大事な一族に気をくばって、元気に明るく歩いて行きます。

六月の和雄のお式がとっても楽しみ。

何か役立つことがあれば云うね。

ごぼう、大根からもよろしくとのことです。

本当にありがとう。

雪から出て来た一同より

五月三十一日

亥の子さんへ

昨日は、成城学園前のプラットホームのベンチに、ポツンと腰かけてる孫の明雄にあって、久しぶりでうれしいでした。

ケニヨンボーイみたいに、爽やかなスチューデントになってて、矢張り大学生って、いいなあと思いました。

「お腹すいてるだろうなー」と、お茶代あげようと思う間もなく電車がすべり込んで来て、家へ帰るまで残念で後悔してたのよ。

それで、遅ればせながら、宅急便に入れときます。

あやまっといて。

しゃけは、なすのや「最後の晩餐」です。翌日「初孫」もって行ったら、おばさん、ワーッて泣くのよ。

その時、鮭を全部買ってあげて冷蔵庫に入れて、和也のところに、運動会の帰り、送ってくれた時に半分あげました。とってもよろこんでた。

あの福助さんみたいな小父さんがお店をしめたら、大阪行の重いボストンバッグを近所のお米屋までかついで行かなくてはいけないので、本当に残念。でも、その中(うち)に亦、いいところをみつけます。

そら豆とグリンピースは、村木さんから来て、一寸固くなってるけど、食べて下さい。

ではお元気で。亦押入れちらかしとくから来てね。

牛の母さんより

十月二十三日

うり坊へ
たのしい一日をプレゼントして貰って本当にありがとう。今でも幸わせな幸わせな気持です。

そしてあっと云う間に夏の思い出がなくなり、ほかほかした冬の用意が出来た我が家。網戸も物置で冬眠だし、ガラスはピッカピカだし、お勝手のステンレスも洗面所も、お勝手の柵もきれいにして貰って、これが十二月だったら、もう何にもしなくてもいいなあと、思って、居心地のいいお家を、ありがたくありがたく眺めています。

立派な立派なアップルパイの大きなピースを、お食後にいただきましたあ。

もうおいしくておいしくて電話しようかと思ったけれど、きっとお夕食の最中だろうと思って、やめたの。

「こんなおいしいアップルパイは、どこにもないわよ」と、いただく度に云ってるけど、本当よ。

おひるごはんの時云ってたオカダヤへ一緒に行きたいね。一寸タカノでお茶でもいただいて。でもいつもオカダヤへ行く時は、かけ足で生田まで、オカダヤでも、買物は、一種類かせいぜい二種類、そして他の用事があっても、すぐ、とんぼがえり。一時に出て、四時すぎに戻ると云う、大変なスピードなので、とても、気の毒でさそえません。身すぎ世すぎの、細々自家営業してるおかみさんは、いつもこんな状態なのよ。それでも「早かったなー」と云われたことは、ただの一度もないのよ。

オースティンの「ノーサンガー・アベイ」は私も注文するから、クリスマスプレゼントにしますから頼まないで、たのしみにしてて下さい。今、気がついたけど、「ハワーズ・エンド」の作者、フィールディングと云わなかった？

フォースターでしょう。ウソ云ってごめん。フォースターのつもりで云ったの。まだらボケよね。フォースターの「印度への道」は昔よんだ本で、一寸重いけど面白いよ。いつか読んでみれば？

このすてきなブックマークは、「狐になった奥様」の中から出て来ました。

イタリヤからのおみやげに、誰か忘れたけれど、いただいたのが出て来たの。

「マンスフィールド・パーク」よむ時につかって下さい。

明後日は麻路さきさんのサヨナラ公演に御招待されているのでたのしみにしています。

いつもいいお席を用意して下さるので本当に植田さんに感謝しています。

では、うり坊に感謝をこめて、ありがとう。

うり坊のオカーシャン

十一月八日

うり坊君江

明治パイシートを二つも、そして美しいタオルをどっさり、うれしいお手紙が入ってて、アイスノンがしっかり入ってて、タイミング絶妙にいただいた小包‼

冷凍庫には先だっていただいた林檎の煮たのがどっさりあるし、お電話でレシピをくわしくきいたおかげで、昨日は立派な立派なアップルパイがやけました。

パイ皿までが足柄山からで、何から何までそちらで製造して下さったようなものでした。まさか「化」とは書けないので、残った少しのパイシートのオリボンで「オメデトウ」と書いたのよ。

お箱に足柄製菓謹製と書きたいようでした。その箱までが、ずーっと前持って来て貰ったおせんべいの平たい金色の缶で、もうぴったりなのよ。何だか、全部夏子にして貰って、こちらは運んだだけと云うような気持でした。

御祝の包みと一緒に楽屋口に届けて、待ってたけど、もうリハーサルにカンカンで、仲々終らないので、付人にことづけて、終演後、楽屋へ行きました。

このみさん、よろこんでよろこんでとび上っていました。

公演は、立派で、一作一作着実に自分を磨いて行かれるのに頭の下がる気持でした。そのあと、二時すぎに終ったので阪田さんと三人で歩いて二十分位の「くろがね」さんのところに行って、四時までお父くんはおひるねさせていただいて（井伏さんのしていらっしゃった枕や、ショールをかけて貰ってｚｚｚ）、四時すぎから、いつものお料理をゆっくりいただき、おみやげまでいただいて、ハナマル、満点、の一日で、その上、九時半におふとんに入ると云う、恵まれた一日だったのよ。

本当に本当にありがとう。

今日は秋晴れです。おふとん干します。洗濯します。お庭掃きます。よく働きます。おわり。

平成十一年

九月、長女夏子の次男良雄結婚

四月、『庭のつるばら』（新潮社）刊行

二月六日

感謝状
今村夏子殿
あなたは土砂に埋もれて沈没寸前の私共をよく努力して救出して下さり、日当りのよいあたたかい部屋で静養させていただき、この度、やわらかい居心地のよいもとの住家に全員元気で戻ってまいりました。
ここに感謝をこめて表彰いたします。
一九九九年二月六日
都わすれ一同

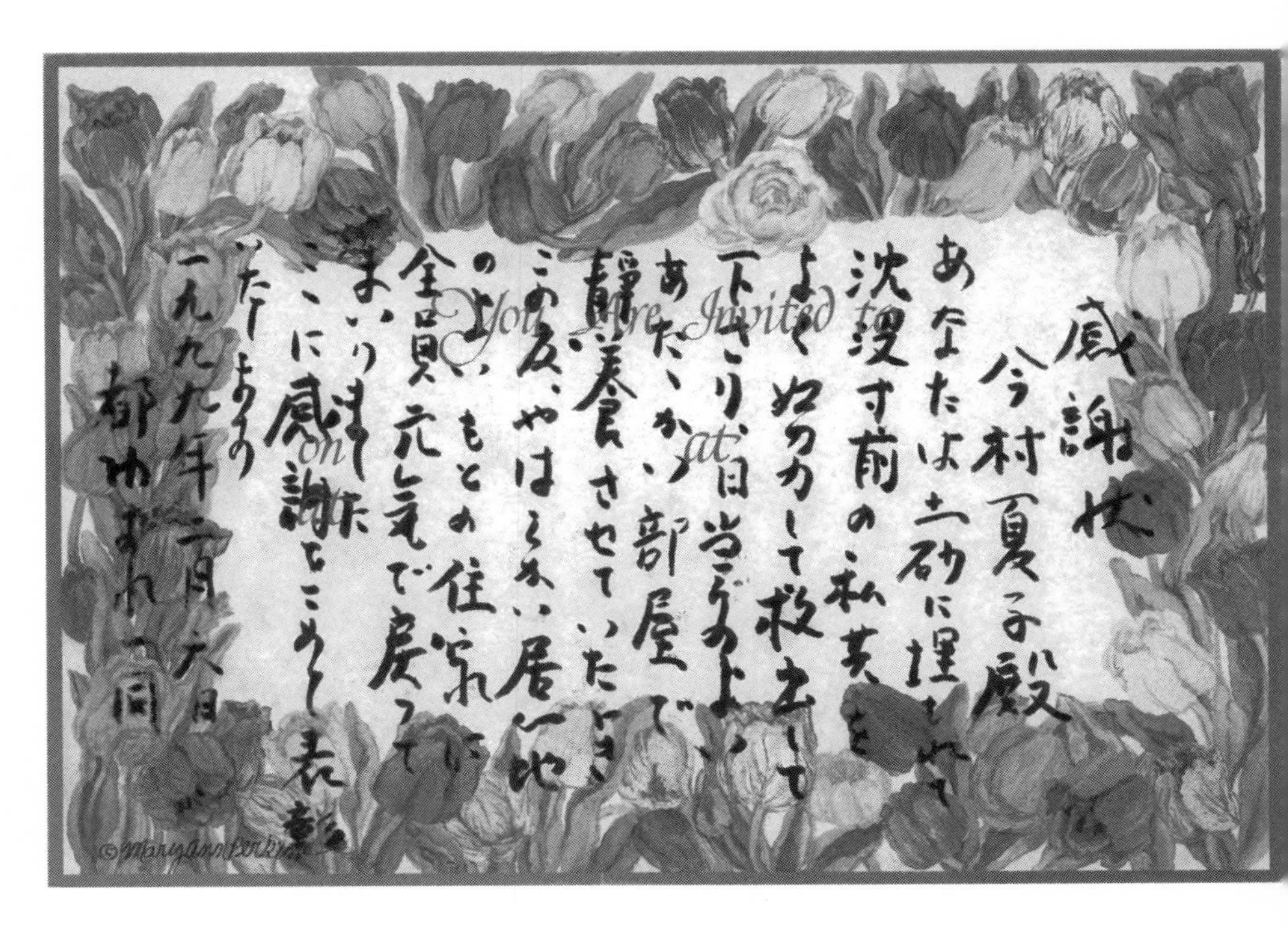

四月八日

二回もつづけてとんで来てくれたアイレスバローさん。

まだ御礼の葉書も書いてないのに、またまた羽をバタバタさせてマーヤみたいに足柄山からとんで来てくれて、あれよあれよと云う間に、裏木戸、掘炬燵、ガラス窓。古い電気の傘も、炬燵の台まで片づけて貰って、筍や、ママレード、おいもさんやちゃぼさん玉子のプレゼントを残して、あっと云う間にバタバタと足柄山にとんで行っちゃったマーヤ・アイレスバローのおかげで、昨日は何もかも、上々にめでたく片づいて、今でも幸わせな幸わせな気持だけが残っています。

あとで、「あっ豚肉も生姜も忘れて、これでは豚汁出来ないからどうしたらいいかな」と心配でした。ごめんなさいね。

十四年ぶりに、お父くんなしのおひるごはん、二人でゆっくりくつろいだたのしいおひるにおしゃべりしすぎて今、悪かったと思っています。

でも、本当に楽しく、ほっこりした時間だったよ。

あれから、何もかも準備して貰って、お時間がたっぷりあるので、「何と贅沢、ピアノのおけいこしようかな」と、椅子に坐ったとたん、幼稚園児の遠足のようにお父くんが戻られました。

ちゃんと「切符買えたよ」とうれしそうで、会もなごやかで、安岡さん、河盛さん、三浦さんの編集委員。井伏さんの奥様の横のお席で、のども詰らずよかったよかったとほっとしました。

背広も脱がれずポッケから財布出されて、「ハイ、プレゼント」とお札を一枚下さるので「え、どうして?」「一人でいっていただいたのに」と云ったら、「いいから」と云われるので、何が何だか分らないけど、ありがたくいただきました。病院の帰りのハイヤーのことかなあ。それとも、「いつも御苦労と云うことかなあ」随分水臭いなあと思ったけど、「ま、何でもいいや、夏子と分けちゃおう」と思って、エプロンのポッケに入れました。

お料理もおいしくて、いい会だったそうです。

夜は、筍ごはん、若竹のお椀、お刺身、ウインナソーセージ、おひたしで、「うまいうまい」と大よろこびで、一日に病院と会の二大行事がつづいて、流石におつかれみたいでした。

筍は香りがよくて本当においしくて、来週のお客様も、筍ごはんをつくります。

ゆばのおつくり。にしんそば。牛肉のミニステーキ。筍ごはん。いいお献立でしょう。

「庭のつるばら」の出版記念の会なの。いつもサポートして貰って、おかげで、亦本が出版され本当に本当にありがとう。

女盗賊の分け前同封するため、ぐだぐだ書きました。無事届くかな。ではバイチャ。本当にありがとう。

闇取引きの牛より

七月十六日

働き亥の子さんへ

あんまり働きすぎて、大丈夫？

あの暑い暑い日に、バスぎりぎりまでうごき廻って、間に合った？

でも、本当に本当にいいお盆が出来て、この美しいお掃除の行き届いたお庭を見て、お父さんもお母さんも英二伯父ちゃんも、小沼さんも、鈴木の伯父伯母も、清水さんも（いつも、これだけの方が来て下さっているように感じるのよ）大よろこびで、胡瓜のお迎え馬から降りられたことでしょう。

そしていつも隣村と山の下に届ける、かきまぜを夏子のところで食べて貰って、こんないいお盆が出来てとってもうれしいでした。

庄野のお母さんは、お庭に草をはやしておくのがお嫌いで、いつもおこられてたので、七月と八月のお盆の前にはもう汗だくでやってたのだけど、今年は、夢のように（本当に夢のように）フェアリーさんがきれいにしてくださって、とってもとっても幸わせでした。

心からの感謝をこめてありがとう。

昨日は銀座のセゾン劇場へなつめちゃんの「チェ・タンゴ」の御招待で行きました。

暑い暑い日で、みかんとプリンとボローニャと楽屋見舞にもって出かけて、真中のいいお席で、心ゆくまでアルゼンチンタンゴの調べとなつめちゃんのダンスを楽しみました。

タンゴって、首を引きつらせて踊るものと思ってたら大ちがいで、スケートのペアのダンスそっくりでたのしくてたのしくて、その雰囲気でいそいそ「スペイス・シャワー」へ乗り込んで、夕風の吹くいいお席で、明雄店長のまめまめしいサービスで、お父くんはビール、私はジュースで、はじめて、マッシュルームのサラダ、シーフードのサラダ、ガーリックのピラフにビーフシチューとライスとお食後に「愛玉」と云うおいしいゼリーと、コーヒーとお紅茶で、とってもとってもすてきなサパーをとって、明雄が「スプリング」と云う雑誌をもって来てくれて(眼鏡忘れて読めなかったのだけど)、横で読んでくれて、体も心もポカポカとエネルギーで一杯にしていただいて、お父くんは「本当に明雄は、よくやる、かわいい孫だ」と大よろこびでした。阪田さんが奥様につきそわなければいけないので、「お誘いしません」とお父くんが云われた時のがっかりした表情、お見せしたかったのよ。

今月号の「群像」で明雄が、お店がつぶれたりして苦労するところが出てるでしょう。阪田さんは、いたく感動されて、「これで、今度店長になられたことが一段と読者の方に感銘をあたえますね」と、よろこんでおられるのよ。

結婚式におくれたことは、ちゃんと伏せてありますので、御心配なく。「お式にぎりぎり間に合った」となってます。

気持だけ「チップ」と云って、あげたら、にこっとして「やった!!」と云って、かわいいでした。少しだけど、おせんべいを店の人に持って行きました。

本当にすてきな孫で、「今度いつ行こう。八月のレ・ミゼラブルの帰りにしよう」とお父くんは、もう次に明雄の顔みるのを待っておられます。

あとになったけど、一昨日は、一杯、おみやげ本当にありがとう。

おそばも、牛肉のそぼろもおいしかったです。かに缶と帆立の缶は大切に大切にしまって、チャボちゃんの玉子は、納豆にかけていただきます。

まだまだしゃべりたいけど、もううんざりでしょう。

では、タッサでね、シー、ユー、きのくにや、本当に本当にありがとう。バイチャ。

おかげで元気な丑のこんちゃんより

十二月十二日

満身傷跡のエンゼルさんへ
昨日は、本当に夢のようなプレゼントを心にも体にも一杯いただいて、とてもうれしくて幸わせな幸わせな気持になりました。ありがとうと云う御礼の言葉も見つからない位です。

天下一品のアップルパイ。高価な蟹缶どっさり。

冬の貴重なチャボさんの玉子どっさり。

お花のついた柄までキャンディのようにお花の模様のかわいい傘、沢山の商品券。吃驚りしてまごまごする位のお土産の山。そして、握りしめて、いそいそ新宿へ出かけ、気にかかってたお歳暮と、「せきれい」増刷の内祝を全部すませ、いただいた商品券で買いました、プロメの化粧品!!! とお寿司!!!

　幸わせ一杯で帰って来たら、この傷だらけのアイレスバローさんがたったの一人で、石を片づけ、都わすれを全員救出して、あたたかいサナトリュームの特別室に入れて幸わせそうに静養させて貰ってるし、浜木綿はあったかい温室に入っているし、井戸端のあの重たい敷石は、ピタリと平になってるし、お玄関には、樽の中に、すてきなかわいいお花が笑ってるし、おまけに、小部屋の机の上や化粧前まできちんとなってるし、もう、どんなに大変だったかと、思っただけで泪がこぼれそうでした。

　その上お夕食の下ごしらえまでしてくれるつもりなのね。

　あの上等の麩とわかめが、ボールに入ってたので、すぐ麩とわかめのお煮物をつくって、にぎり寿しと、おうどんで、あっと云う間にお夕食が出来ました。おいしかった!!

　そしてお食後に、大大大好きなアップルパイをゆっくり食べさせて貰って、幸わせな幸わせな幸わせな幸わせな一日を感謝しました。

　赤坂「ラ・シャンス」のチョコレートケーキもおいしいけれど、アイレスバローさんのつくったアップルパイには、かないません。私は、どんなケーキよりも好き。

　パイの上に「せきれい」とはっきり読めて、切るのが惜しいでした。

　今日は元気一杯。一昨日のメソメソしてた泣き牛とがらりと変って、新しい物干しに干すわ干すわ。洗濯の山。

　そのかわり、疲れを全部アイレスバローさんにおしつけたようで胸がしわみます。

ごめんね。

今日和也が、いろいろお届け物でいただいたものを取りに来て、その時、「夏ちゃんが干もの送ってくれた」ととってもよろこんでいました。本当にいろいろと気をつかって下さって、ありがとう。

ビールもどっさりいただいて、もう何にも心配することはないし、水もれとペンキ塗り工事が終れば、楽しいお正月ね。

たくさんたくさんの感謝をこめて、ありがとう。

本当に本当にありがとうございます。

幸わせ牛の母さんより

平成十二年

四月、『鳥の水浴び』（講談社）刊行

三月八日

家中ピッカピッカにしてあっと云う間に足柄山へ帰っちゃった亥娘さん。

あと、家の中の美しさ、お庭の美しさ、都わすれの中の草まで抜いて貰って、錆びた門の釘までお持ち帰りになって、あたたかさと、楽しさが一杯に家中にあふれています。

ガラスも、網戸も、お風呂場も書斎も、どこもかしこも幸わせ一杯。

ヒレのくしカツと、風味のいい水菜とちゃぼ玉落した千代田納豆のお夕食が（二十分で出来上り）、幸わせな一日のしめくくりになって、おかげで今日の虎の門病院では血圧一四五－八〇と満点。

「きれいな風呂場だなあ」とお父くんは吃驚りしておられました。

今夜は、牛肉の巻きステーキです。

ところが冷蔵庫に入れといた、五日にやいたチョコレートケーキが忘れられてしょんぼりしてるのをみつけて、こちらもしょんぼり、すっかり忘れてたのよ。ごめんなさい。

バスがおくれて、ロマンスカー間に合ったかと心配しています。

バスに「ありがとう」と手をふって、その手がまだ下におりない中に、むかいに自転車にのってる一寸くたびれたオヤジさんが「あっ」と云うので見れば我が子。出勤帰りの龍也でした。まだ五時前、早いねえ。それで、山の上によって貰って空也のお菓子、おせんべい、りんごや果物、文學界のゲラや、お父くんにナイショで、バーボンや、ビール、つめてやって「ありがとうございます」とうれしそうに帰って行きましたとさ。

山の下にいた時は、御近所からいただく海老や、帆立の活きたのや、相川さんのお料理や、一寸したもの、トットッと下りて分けてあげられたけど、バスで二駅遠くなると、それがもうとっても出来なくて（何しろこの忙しさだから）、それで大よろこびしていたみたい。

陽子ちゃんが御近所の猫の爪きってるの、面白くて、ほのぼのしてて、思い出して笑っています。

五月二十五日行こうね。

いざいざ日光金谷ホテルに、フェラガモなびかせて（でも、もう暑すぎない？）。

本当にありがとう。感謝しています。

ダイッキライなことを全部していただいて幸わせな幸わせな牛のママより

四月十三日

今村建設亥社長殿

がっしりした金具で止った門を見る度に、うれしくてうれしくて胸がしわみます。

お手々を豆だらけにしてくれて、念力で穴をあけてくれて、ねじ釘でしっかり止った大門の幸わせそうなこと!!!

昨日まで傾むいて沈没寸前の門が、ほんとに立派になりました。

そして今日のこのお天気の温度はどうでしょう。

今家中の窓と扉をあけて、網戸を通して来る爽やかな風の中でお手紙書いているの。

ほんとにほんとにありがとう。

沢山の缶と箱のストックも出来たし、しいたけは山程あるし、もううれしくてうれしくて。

華の初夏になりました。

食後にいただいたバームクーヘンのおいしかったこと。お父くんと吃驚りしています。

「夏子がつくったのか?」だって。

うぐいす豆のパンもとてもおいしかった。

佳き隣人に囲まれて幸わせね。

それも日頃のおつき合いが、いいからね。

うちも、天下一品の御近所に恵まれて、本当に幸わせで感謝しています。

ＯＫで逢ったら必ず車に乗せて下さる根本さん。

宅急便の箱もって坂道下ったら、家から出て来て、車でローソンまでつれて行って下さって、おまけに帰り、家まで送って下さる藤城さん。

御馳走や、珍らしいものを届けて下さる方は、もう日本中だし、もったいなくてバチが当りそうよ。

昨日虎の門病院で、お父くんの血圧は一三八－八〇で、関先生がにこにこと「ワングレイド下りましたね」と云って下さいました。あんまり調子がよくなくて、この半年、じわじわ上るので、お薬をふやして下さって、一寸心配してたのですが、よかったよかった。

病院も月一回でOKです。この半年ハラハラだったの。

これで来週、また鰻を安心して食べられ、お酒もゆっくりいただけます。

十七日に「鳥の水浴び」が出来るので、お墓に御報らせして、お仏壇にお供えされるのが一番のたのしみみたい。

私も、これでハラハラせずに大阪行を心から楽しんでくるわね。

本当に本当にありがとう。

バラ色のぶち牛母さんより

七月一日

今村造園取締役様

雨戸をあけると、見事に刈り込まれた、落葉一つないお庭が目の前にひろがって、もう胸が一杯。

二十九日の日は、バスギリギリまで、暑い中を、荒れ放題のお庭で、お仕事していただいて、十時もおひる休みも三時もない重労働の職人さん、さぞくたびれたことでしょう、と、バスまで送れなくて後姿を見て、泪ぐんでしまいました。

身仕度も、一日ひびく鋏の音も（何と美しいひびき‼）、仕事のはかどりも、もう本物の職人さん以上で、日頃の働きの見事さに、頭が下ります。

大沢造園のプロの職人さんよりすごい。でも大変だったねえ。ほんとに。その上、何より何よりうれしいアップルパイ。

これも、プロ級で、そのおいしいこと。

大らかな出来、美しさ、天下一品でした。

ピクルスもとってもおいしくて、一瓶二人でペロリといただきました。

今日はスモークサーモンの横に添えるつもり。やわらかいビネガーのお味がぬくごはんによく合います。

昨日（三十日）は上野の芸術院の総会のお供で行って、応接室で、バイオリンの江藤俊哉さんの、奥様と二人きりでずーっと話してたのしいでした。

江藤さんは七十二歳のもう車椅子の方ですが、奥様は眼のさめるような美しい若いブロンドのドイツ人（多分ドイツ人と思うけど、フランス人かもしれない）。

おとなしい、品のいい矢張りバイオリンをひく方で、お弟子さんも二十人いる小柄で、細っそりした方で、何より今の日本の女の人には見られない古風なところがあって、吃驚りしています。お手本にしなければとショックでした。

今日は七月にふさわしい晴れで、うれしくてきれいになったお庭に、毛布やフトンカバーを洗たくして干しまくって、眺めています。

お父くんは昨夜急にハーモニカで「春の小川」を吹き出されたので、「どうしたの?」と云ったら、「龍也がハーモニカ持って来て下さいと云ったんだろ? だから子供らの知ってる曲練習してる」ですと。

それで「今は夏だから、『七夕』の方がよくない?」と云ったら、「そうだな」と素直に「笹の葉サラサラ」に変えられました。もう真面目で子供みたい。九日がますますたのしみです。

これもみんな夏子のおかげ。どんなに、皆に連絡したり、命令したり、気をくばってくれてるか、ととっても有難く思っています。

沢山の幸わせに感謝をこめて、ありがとう。

では、シー、ユー、九日。at「くろがね」。

うれしいな。

のおっかちゃん

十月二十六日

亥年のみつばちマーヤの夏子江
お誕生日おめでとう。

いつもこのカードを書く時、きっと思い出すのは、みつばちマーヤの「どんな虫にも親切に！」と云う言葉よ。

半世紀以上もいつも明るく、とび廻って、せい一杯働いて、自分のことは後廻しにして、よく気がついて、そしてよく笑ってよく食べてよく眠る。

夏子マーヤのとんで行くところは、みんなお花も人も動物も木も草も幸わせな幸わせな気持になります。

アウチ寸前だった英二伯父ちゃんのばらの一番上にも小さな蕾がつきました。どんなによろこんでいることでしょう。

一つ一つ書けばきりがない位、私も幸わせのプレゼントに溢れています。

一杯の感謝をこめてありがとう‼

元気でね。


丑年のマーヤのおっかちゃん。

平成十二年

平成十三年

四月、『山田さんの鈴虫』（文藝春秋）刊行

一月二十日

亥娘のローラへ

「お江戸でござる」のお芝居みたいに行き違いで始った楽しい一日をプレゼントしてくれたローラへ。

とってもとっても楽しくて、そして家中ピッカピッカになって、困ってたこと、ゼーンブ片づけてくれて、何と居心地のいいお家になったことでしょう。

そして、山のようなすてきなすてきなプレゼントが宝のお山のように、あとに残りました。

○ヒレとお葱のくしかつ（お、い、し、かった!!）

○高価な缶詰め三つ（かに、帆立、紅鮭）!!　かに缶は、早速、昨日「波」の原稿をとりに来られた方にガラスの　こんなお皿に、ピクルスと盛って、すてきな御馳走

になりましたあ。
○牛肉の志ぐれ煮（これは、お夕食のぬくごはんの上に、かけましたあ）。
○上等の佐賀のお海苔（これももう、早速、お客様、お夕食にいただいています）。天下一品ののりです。
○金柑は、甘くて、おいしくて、やめられない。それに声にもいいそうよ（オホホ）。
○青のりのおせんべい（夜、金柑と一緒に、ローラの古巣にもぐって、ローラの本をひろげて、お湯を一杯お湯呑に入れて、おせんべいと金柑を横に置いて、極楽みたいに、読みふけっています）。
○読み込んで年季のはいった、ローラ・インガルスのシリーズは、机の上に重ねて置くだけで、力が湧きそう。
大切に読ませて貰って、なるべく早くお返しするね。今「大草原の小さな家」読んでいます。忘れてるところもあって、とっても面白い。メリーを大学に入れるため、ローラは働いたり、本当に夏子は、ローラそっくり。

こんな本、日本中の人に読ませたいね。

それにしても四十年以上も前に、一番に「アルマンゾ」の本をプレゼントして下さったニコディムさんは素晴しい方だったなあと、なつかしく思い出しています。

そして「ナツコナツコ」と、お逢いしてないのに、いつも尋ねていろいろプレゼントして下さったニコディムさんは、千里眼みたいな方だなあと思っています。

○切り干し大根おいしかったよ。
白狐のカラーのことで夢中になって、お鍋一杯に煮た生田切り干し大根の物々交換をコロッと忘れました。

あんまり沢山煮たので、「波」の佐々木さんおいしそうに食べられるので、お土産に全部差上げました。大阪の方なので、我が家のお料理が大っ好きな方です。

明日はうれしい宝塚新大劇場にみーんなで行く日。

とっても楽しみ。また逢えるね。

私も、夏子にプレゼントしていただいたフワフワモギャモギャのカラーをして行くね。

では、シー、ユー、トゥモロウ（このお手紙の方がおくれて着くけどね）。

本当に本当にありがとう。

狐牛のかあさんより

二月九日

ローラの夏子、夏子のローラ江
まるで、ローラ・インガルスが生田のお山に現われてくれたような気持よ。
まるいお帽子、両手に下げたバッグ、フワフワの衿と、コート。お帽子の下にキラキラしてる瞳。たくましいパワー。
大きな、見事なアップルパイ（日本一）!!

もち米、ブイヨン、葉蘭（はらん）までとりそろえて、かわいいおいしい台湾ちまきをつくって貰って、もううれしくてうれしくて。

おまけに、ババアの愚痴までにこにこきいてくれて、ほんとにほんとにごめんね。

これから絶対に云いません。一寸云いかけたら、ドナりつけてやめさせて。

本当にうれしいでした。

一杯葉蘭をひいて、ちまきを並べて、また上に、葉蘭かぶせて、メッセージに『ウタコさんのためならエーンヤコラ』と長女とつくりました」とメッセージを入れて、楽屋見舞にお届けしました。

白石人美と云う、もう、にこにこ笑顔のかわいいマネージャーの方の分も。人美さんは、ほんとにうれしそうにして、帰る時も、「つるぎがとってもよろこんでおります」と云ってました。

「40カラット」は、フランスのおしゃれな大人のミュージカル。ウタコさんは、離婚歴二回で十七歳の娘のある、キャリアウーマンで、三十八歳。それがギリシャへお母さんと行って、そこで二十二歳の男の子と出合って、もういろいろあって、結局はその坊やと結婚することになると云う面白い、一寸、危ないお話で、楽しかった。

あと「くろがね」さんへ行って、おいしいお夕食して、かおるさんが、はずかしそうにバレンタインチョコをお父くんに下さいました。

満点の一日。本当にありがとう。

この輝やかしい一日に、落（オチ）がつきます。

昨夜（八日夜）そのチョコをいただき、初めてお父くんが一個とられ、前歯でかまれたとたん、一番前の歯がとれちゃった!!

お父くんのショック、分るでしょ。

「すぐ植木さんに電話してくれ」とまるで119番並みなの。夜の九時にねえ。なだめたり、叱ったりして落着かせ「傘寿の日に新しい歯を入れていただいたら、縁起がいいでしょう」と云いきかせて納得していただきました。

今日の佳き日。お昼に、植木さんに二人でまいります。メデタシメデタシ。

そして昨日新宿伊勢丹で、ブラウンの電気カミソリ買わせていただきました。ありがとう。一万五千円だったので、五千円いただけば結構です。

それと、足のウラに、いぼいぼのあるスリッパも買いかえました。大よろこびです。

何もかもローラのおかげ。感謝をこめてありがとう。

アップルパイのおいしいことと云ったら、もう天下一品です。

ローラのかあちゃん

三月二十五日
職人さんの世話で大忙しの夏子へ。
屋根の塗りかえ終った？

きれいになって、春が来てよかったね。
四月に見せて貰うの楽しみにしています。
この度は、ほんとにほんとにありがとう。
何通御礼状書いても足りない程、御世話になりました。
風邪もすっかりよくなり、おまけにお父くんにバッチリうつして、何とバチ当りでしょう。

川口さんは、よろこんで「涙が出そうになりました。お花に囲まれた夏子さんのお家を考えるだけで胸がワクワクします」と云うお手紙が来ました。

明雄のお店のカラーコピーは、一昨日「波」の佐々木さんにあげて、「でも忙しいから、取材や、インタビューしないで」と云っときました。

昨日は、テレビ見たら広島の地震。電話は勿論、十回かけたけどだめ。電報局に尋ねたら、緊急電報と云う、「二十字までの、特別電報」があると分って「ゴブジデスカ、ヘン、マツ」と云う文句で打ちました。

そしたら九州の電報局から、「いつ連絡がとれるか分りませんが、三時間位で何とか」と、親切な言葉にほっとして、それでもまだ心配で、災害ダイヤルに、広島の局番が一番に出たので、それを申し込んで、それが、やっと通じて三十字までの録音を入れて、やっとホッとしたのが十時。

そしたら、十時半に姉の元気な声で、「今、電報着いたよ、ありがとう」と云うわけで、おかげで安心して、ぐっすり眠れてよかった。

住田の家は、ビルだから、大丈夫でした。

ただ、お庭の、五重の塔みたいな石燈籠がめちゃめちゃにこわれたのと、食器が大方、こわれたので、すんだそうです。

智ちゃんの部屋では、テレビが智ちゃんめがけて、とんで来たので、よけた。

浜生(はまお)のおばあちゃんはまだ電話が通じないけど「眠っとるから、地震なんか分らないから大丈夫」と、元気な声で、あべこべにはげまされたの。

今朝は、九州の電報局から連絡があって、「まだ緊急電報を配達出来た確認が広島から来ませんか」と、尋ねてくれて、「昨夜届きました、ありがとう」と御礼を云いました。

本当に、日本は、行き届いた立派な国だなあと、つくづく思いました。

例によって、吃驚りしたり心配したら、何でも食べちゃう私のくせで、お夕食とそれから、おうどん、フランスパン、目茶目茶に食べてもまだ足りない。困ったくせね。

でも、めでたしめでたしでした。

あとになったけれど、小西さんのプレゼントのママレードとりんごのジャムがおいしくておいしくて。

信州の、おいしいジャムと、このジャムで只今はジャム天国です。

御礼を申し上げて下さい。

ついでに、「すみだの花火」が元気で、きれいな芽がぞくぞく出て来てることもね。

来週は「山田さんの鈴虫」の見本が届きます。

楽しみに楽しみにしています。

ジップ公園の桜も、三分咲きでそれはそれは美しい。

操ちゃん、春夫ちゃん、龍太ちゃんの誕生会も、すみました。

春はいいねえ。

こんなに、元気に動けるのも、とんで来てくれた夏子の力よ。

ほんとにありがとう。元気でね。

元気印の牛より

三月三十日

植木屋さん大工さんナースに家政婦さんの亥の夏子さんへ
ミミリーの大広間とお家をつくって下さって、本当に、ほっとしてとってもうれしいです。

全快祝の牛印アップルパイ!!!

おいしくておいしくて、包み紙も、牛のデッサンも天下一品で、見ていると、思わず笑ってしまいそう。

誰方のデッサンかしらないけど、こんなかわいい牛さんを描いて下さった方と、それを探してプレゼントしてくれた細やかな夏子に感謝しています。

足柄産の椎茸も香りがよくて、サッとお正油でつけやきにしておいしかった。

ちゃぼさんの玉子は大切にします。

昨日は、とってもきれいな「山田さんの鈴虫」を持って文藝春秋の方が見えて、ピカピカにしてくれたお家でメデタイメデタイ宴会になりました。

和牛のタタキ。くしかつ。じゅんさいの酢のもの。根野菜の煮もの。あさりのうしおのお椀。ししゃもの唐揚げ。フルーツトマト。稲庭うどん（夏子のプレゼント）のつけ麺（ちゃぼ玉、海老、わかめ、小松菜がのっている）。帆立ごはん。紀の川たくあん。

何と、お酒の四合瓶がからっぽになっちゃった。

三十代の若い女の画家の絵を、矢張り三十代の女の担当者の方が本にして下さって、初々しい爽やかな本になりました。

とってもうれしいです。

お母さんのお命日に大阪のお仏壇にお供えします（売れますように、パン、パン）。

この次は、図書室に運んだ、ゴチャゴチャの（と云ってもいいものばっかりだけど）整理の相談にのって下さいね。

本当にありがとう。

十二月二十五日

Mrs.クリスマス!!

今年は、クリスマスを四回も祝いました。

一回目、十二月九日、国分寺で、ビンゴの会。

二回目、十二月二十二日、大澤先生のお家。

三回目、十二月二十四日、山の上で有美ちゃんと。

四回目、本日　夏子と、お父くんと。

サンタクロースも、吃驚りしたことでしょう。

そして、ビ、ン、ゴ!!　は、今日のクリスマス。Mrs.クリスマスの笑顔!!

家中ピッカピッカ!!

あったかい、くつ下と、美しいギンガムチェックのテーブルクロス、のプレゼント!!

そして、何より、うれしいMrs.クリスマスのあったかい心のプレゼントを一杯貰って、今、
こうして古い小さい机の前で思い出してると、幸わせな幸わせな気持です。

グリーンと、ピンクと、ベージュのお花のついたくつ下はとてもあったかそう。

テーブルクロスも今横目でみたら、本当にすてきです。うれしいな。

頭に手をやってみたら、ちゃんとつけてくれた、シニヨンが、きっちり乗っかっている
し。

とってもとってもうれしい幸わせな一日でした。一年中、本当に本当にありがとう。

今、このシニヨンとってお風呂に入るのいやだなあと思っています。

お正月、つけようかなあ。むずかしそうだなあと、今迷ってるの。

先ず前髪を少し下げる。それから、のっけて、その前髪をかき上げてシニヨンの毛とゴチャマゼにする。左右を、手でゴシャゴシャとかきまぜる。

夏子がやって見せてくれたのを思い出してやってみるね。出来るかなあ。

見たとたん、お正月の初笑いしないでね。

おくれましたけど、先だっては、うれしい、何よりうれしい、クリスマスのお手紙とビールどっさり、お歳暮にいただいて、ありがとうございます。箱をあけたらうれしのエビスが先ずぎっしり。それからアサヒ、サッポロ、がぎっしり。

あれから毎晩、日替りビールで、お父くんは、とってもうれしそうです。

数え切れない位一杯一杯幸わせをいただいた一年に、感謝をこめて、あ、り、が、とう。

お正月待ってるね。

来年も、きっとすばらしい年になるよ。

桜のお花のあとに、グレイト・グランド・チャイルドが生れるのね。

楽しみね。うれしいね。

そして、亦、何処かへ、すてきな旅行しましょう。

お正月は百人一首しようね。グッド・ナイト。

Mrs. シニヨン母さん

平成十四年

五月、長女夏子の次男良雄に長女萌花誕生
十一月、長女夏子の長男和雄に長女春菜誕生
四月、『うさぎのミミリー』（新潮社）、九月、『孫の結婚式』（講談社）刊行

四月十二日

夏子バローポピンズさん江
いつもいつもお山に戻るギリギリまで働いて貰って、その後姿に、「ほんとにごめんね」と声をかけていいます。

一杯一杯の感謝をこめて……。

今日午后四時で、忙しい忙しい一週間の大事な仕事が、夏子の力で、終りました。大成功です。

本当に本当にありがとう。

ゆでて、お山から持って来てくれた筍さん!!!

そのおいしかったこと、真心と一緒に感激して、いただきました。

新潮の鈴木さんも、朝日の佐久間さんも（フィメイル）カメラマンも、お父くんもお母くんも、香りの高い若竹のお椀に、一人はうなる（鈴木さん）二人はため息をつく、私達は「お、い、し、い」と云う。そして下の方をつかった筍ごはんも天下一品で、鈴木さんには、北京餃子と一緒にお弁当にしてあげたの。

「ミミリー」の本もとってもすてきに出来て、うれしいです。

朝日新聞の佐久間さんは、私達が大阪弁のイントネーションなので、すっかりよろこんで、今まですましてたのが、とたんに大阪弁になりました（下町の此花区の方だったのです）。

カメラマンは、書斎も図書室も気に入って、お庭もほめるほめる。

たった一人のお父くんを撮るのに、何と二時間もかかってしまいました。

お父くん「もういいでしょう？」

カメ「あと五枚」

のくり返し。でも、とってもいい人で、二人で腰をすえて、「筍がおいしい」とか「おだしがおいしい」とか、もう、くつろぎ切ってこっちも楽しいでした。

これも、皆んな皆んな、アイレスバローさんの力よ。ほんとに夏子一人の力です。

夜おそくまでかかって作ってくれた、ブルーのチェックのおふとんカバーは、とってもすてきだし、きちんとそろえてくれた本棚と、ピカピカの図書室と書斎はイギリス風のお庭とマッチして、もうイギリス文学のお家でした。

そして、チャボさんにも御礼云って下さい。

にらとうすあげをいためて、ポンとちゃぼさんをのせたちっちゃな鉄鍋は、とってもすてきな御馳走でした。

まだあるまだある。裏口についた井戸水の蛇口に、ブリキのバケツとブラシが、よく似合う。よく似合う。楽しい裏庭の絵のよう。もう見る度にうれしくてうれしくて、もったいなくて、このまま飾っとこうかなー、と思う位よ。泥靴洗うのやめよーと思う位よ。そして、こうして一つ一つ思い出して、こんなに楽に何もかも出来たのは、全部夏子バローの力だと云うことが、ヒシヒシと分ります。

ありがとう。ありがとう。ほんとにあ、り、が、と、う。

朝日は、二十一日から、三回（一週間ごとに）、週刊新潮は、二十一日ごろ出ます。

「うさぎのミミリー」は十六日ごろ、「インド綿の服」も十六日ごろ本屋さんに並びます。

夏子のところへは、出版社から送って貰ったので、今度もって来て下さい。署名していただきます。

あー、よかったよかった。

これで、安心して新幹線でグースカ眠って大阪へ行ける。

明日は、髪カットして、スーツケースにゴチャゴチャ詰めて、ホテルへ送って、「さあ、どの服で行こうかなー」と部屋中ひろげまくる。うれしいな。

ほんとにほんとにありがとう。これからＺＺＺＺと眠ります。

眠り牛の、ミンチンのカーシャンより

五月十一日

萌花のグランド・マザー、いのししさんへ。

若い若いグランド・マザーが若い（……くもないか）グレイト・グランドマザーのところへ「母の日」の御祝に来てくれて、一日のとっても幸わせなプレゼントを本当にありがとう。今でも幸わせ……。

すっきりして明るくなった六畳!!

あんな大仕事の藤の蔓切りしていただいて、もううれしくてうれしくて。

いつやろうかなー、と、毎日決心がつかなくて、ぐずぐずしていたの。

前の日に作って仕上げて貰ったかわいい、センスのいい、すがすがしい座ぶとんカバーは、爽やかなブルーのとり合せ、白いお花がとてもとてもすてきです。

書斎のソファーに大きさもぴったりで、お部屋の中は、テーブルクロスもソファーの覆いも、何もかも、夏子のプレゼント!!　こんな幸わせなおっかしゃんは、何処にもいません。

バチが当りそうよ。

毎年毎年いただく新茶も、泪が出る程うれしいです。

重いのに沢山いただいたアサヒビールはとてもおいしいそうです。

「うまいなー」と何回もお父くんは云っておられました。矢張り違うのかなー。わらび餅、とってもおいしかった。

そして、不審者退散の見事なお手並。きいていて、あたたかくて、そして毅然とした説得力のあるのに感動して、本当に大助りしました。

そのあとすぐ、同じブザーの押し方をして聡子ちゃんが来たのも面白かったねー。元気そうで、ふっくらして、これなら、大丈夫と、とてもうれしかったです。

一年に二人も孫が出来るなんて、何とおめでたいこと！

明日の、萌花ちゃん御対面の日がうれしくてわくわくしてたら、良雄と陽子ちゃんが電話をくれて、よけい盛り上りました。

それで、「大林」へ行って、「一番おいしいショーチューちょうだい」と云ったら、小母さんが、「これがいいわ。私は、いつも味見するから、これをおすすめします」と云ってきれいな色のショーチューをくれました。

それと七福神をもって、足柄山へお邪魔します。

楽しみです。

きっとお天気になるよ。

では明日を楽しみに楽しみにしています。

沢山の感謝をこめて、ありがとう。

萌花のグレイト・グランドマザー牛より

平成十四年

十月二十六日

みつばちマーヤの夏子江

お誕生日おめでとう。

いくつになったのか、全然分らないけど、いつも、「みつばちマーヤ」と云う名前がぴったりします。

どんな虫にも親切。お花からお花へ忙しく、とび廻ってせっせと蜜を集めて巣に運びます。それも、自分が吸うのではなくて皆の為。女王蜂の国のために！

かわいくて、明るくて、勇敢で、勇気があるマーヤ。何よりあたたかく思いやりがあります。

赤ん坊の時から、今日まで、愚痴、かげ口、不平を一回も云わないマーヤ。本当にエライ!!!

大変な仕事も楽しいことも働くことも、遊ぶことも、いつも中心になってやってくれるマーヤ。

そして今年は、かわいい、くりくりお目々のモエカマーヤが誕生して、うれしいうれしいお誕生日になりました。どんなに忙しい時でも、生田のお山のことを思ってせっせと思って尽してくれるマーヤに、沢山沢山の感謝をこめて。

お、め、で、と、う。そして、元気でいてね。

みつばちバーヤ。

十一月十七日

Ｄｅａｒ マーヤのバーヤ

マーヤから、ばあやになってる位、萌花ちゃんかわいがってるのでしょう？ こちらも、オランダ娘のモエカちゃんの写真を帝塚山に持って行って、悦子さんと晴子ちゃんに見せてあげました。「ワーカワイ」と云ってられました。

お仏壇の横の、お父さんやお母さんや英二伯父ちゃん達のお写真の前にも、ちゃんと、この前お送りしたアサヒビアガーデンの写真、モエカちゃんが、ぐっすり眠ってるところのもお供えして下さっていました。

アベノのお墓にもお花が飾ってあって、とってもありがたかったです。

翌日は、四天王寺の浜生のお墓にもおまいりして、お花を飾ってあげて、帰りに、もう何十年ぶりで、道頓堀へ行って、心斎橋を歩いて、昔々から同じとこにある不二家に入って、ホットケーキとお紅茶のランチを食べたの。いつも、住田の姉が、女学生の時、私をつれて行ってくれてクリームソーダを飲ませてくれた思い出のお店です。

ペコちゃんもポコちゃんもなかった頃で、そのころはおシャレな店のナンバーワンだったのが、今は、お客様も殆どなくガランとしてたのに、ペコちゃんみたいな女の子とポコちゃんみたいな男の子のサービスがとってもよくて、ホットケーキもお紅茶も昔のお味で、すっかり気に入って、「また行こうね」と云っています。一九一〇年に不二家は出来たそうで、今までよく続けてると、本当にびっくりしました。

ホテルで堂島川の美しい水を見て、てすりに一列にずらりと並んでるゆりかもめをみて、竹葉亭で鰻の会席を二回いただいて（板前さんが、目茶苦茶にサービスしてくれて、目のさめるようなお料理をつくってくれました）、お部屋のベッドでお父くんは、ひるねを楽しんで、往復の新幹線の窓からは、紅葉した山々がとっても美しくて、いい旅行が出来ました。

それで、天下一品のジャムの御礼がこんなにおそくなってごめんなさいね。三宝柑とアプリコットが、五個もぎっしりつまった大きなお箱が到着した時は、もうものも云えない位、もう、うれしくてうれしくて、バチが当りそうです。

どっちを先にいただこうかと今、迷いに迷っています。矢張り三宝柑よね。

でも、マーヤ製のりんごのジャムも、決して飯島商店さんに劣りません。

ほんとにほんとにおいしいでした。

心にも体にも幸わせ一杯充電して、またよく働きます。

本当に、ありがとう。

九度山（くどやま）の柿と安岡さんとこからお届けの山の芋と、宇治茶送ります。

元気でね。

マーヤのバーヤのバーヤ。

○すてきなお座ぶとん出来たよ。たのしみにしててね。

平成十五年

四月、『庭の小さなばら』（講談社）刊行

一月四日

すてきなすてきな亥の夏子江
お正月は、本当にありがとう!!!

今年も夏子のおかげで、楽しい楽しい新年の大宴会が出来ました。

そして春菜ちゃんの初宮詣もすんで、これで、もうあとは、若い二人にまかせとけばいいね。御苦労様でしたー。

何より一番に、「幸わせ夢の、トイレのペーパーカバー」の御礼を云いたいの。ピンクの包紙にそら色のおリボンの中から現われた美しい美しいカバー、宝塚の岡田先生のレビューの舞台のよう。ボタンも、おリボンも、よくこんな美しいものをみつけたと思うの。

お手洗に入る度に、うれしくてうれしくて。

お正月の出発ギリギリまで作ってくれて、ほんとにほんとにありがとう。

そして使う程お財布のふくれる魔法のギフト券もうれしい!!!

お父くんの高価でセンスのいいオープンシャツも、アサヒビールもとってもとってもうれしいです。龍也にも和也にも一杯、プレゼントいただいて、ありがとう。いつも、邦雄・夏子ファミリーが、忙しい中をお正月に来てくれて、これが、最高の幸わせです。

とっても楽しくて、もう笑って騒いで、今年もきっといいこと一杯あるよ。

朝風呂でシャンパン飲んだ正雄、でかした!! 合格するよ。

百人一首も二回出来てよかったねえ。龍也も二回出来てよろこんでいました。

梅原さんが、「道場やぶりが来たようだ」と云ってたそうです。

龍太ちゃんは来年は、和也と夏子の近くに座らないそうです。よっぽど口惜しかったらしい。龍也が面白がってた。そして「真剣勝負をおぼえさせた」と、よろこんでいました。

来年も甘やかさず、ビシビシやってね。

マリオ、バティー、大丈夫だった?

ジェリーも、にわとりもお留守番ありがとう。

そして、夏子に、一番ありがとう。おつかれ様でした。

凍ったZ坂、重い荷物持って、必死に降りてった後姿、忘れません。やっと車が走り出して、思わず泪が出ました。

とってもいいお正月だった。もう一度(シツコイネ)今年もうんといいことあるよ。

サンキュー。

千寿子

平成十六年

四月、『メジロの来る庭』(文藝春秋)刊行

一月三十一日

マーヤの夏子へ

ピカピカにしてくれたお家で、「週刊文春」のビッグインタビュー、とてもうまく行きました。

本当にありがとう。感謝してます。

お天気も、お玄関に並んだお花も、お家の中もウェルカムの心にあふれてて、車でやって来た女性三人組にカメラマン男性(矢張り一人多かった)の四人組。

それが美女揃いで、年齢も三十から四十位のもう、暮にみたミュージカルの「イーストウィックの魔女たち」の魔女そっくり。

一路さん涼風さん、森公美子さんにぴったり当てはまって可笑しいでした。

インタビューのあと居間で、いただいた稲庭うどん、そら豆、菜の花のごまよごし、そしてティータイム。オペラケーキに、ラ・フランスのタルトに、フルーツとお紅茶(カメ

ラマンは、すぐ帰られました)。

稲庭うどんは七代目の佐藤ナントカさんの力作で、めんつゆもついていました。上に、海老、だしまき、鯛かまぼこ、きゅうり、わかめ、うすあげをきれいに盛って、とても華やかで、「おいしい」とか「きれい」とかキャーキャー云って、これがキャリアウーマンかと思う位、あどけなくて、いい方でした。

週刊文春の藤森さんは、樹里さんそっくり。あとで名刺をみたら、何と、週刊文春の次長よ。こんな若い人がと、びっくりしたわ。

と云うわけで、夏子マーヤのおかげで、本当にありがとうございました。翌日にすぐ御礼状が届いて、矢張り、よく仕事する人は、立派だなーと感心しています。

翌日の二十七日は、後片づけや銀行へ行ったりしてよく働いて、二十八日は、麻生不動尊のだるま市にお詣りに行って、四十年買ってる大磯の福田組の小父さんから、だるま買って、大まけにまけてくれてチョン、チョン、ヨー、チョン、チョンと燧を入れて貰って、すがすがしく、一杯の人波の中を帰る時、拝殿のすぐ横の見世物の前に一杯人がたかってるの。いつもなら、すぐ通りすぎるのだけど、そこは去年から出てる白蛇殿のちっちゃなおやしろでした。

去年は、小母さんがセーターに大きな大きな白い大蛇をまきつけて、その尻尾は、赤い小さい拝殿の中まで入ってるので、もう吃驚りして気絶しそうになったの。今年も「一寸見よう」と蛇好きのお父くんが云われたのでみたら、今年は、矢張り長い長い白蛇が、体は拝殿の中だけどそこから、七十センチ程首を出して、お金をはらってお財布を渡すと、その上にお札をのせてくれて、その白蛇さんが、赤い舌でそのお札とお札入れをペロッとなめるの。

その白蛇さんがとてもきれいでかわいいの。そしたら、意外や意外、お父くんが「やって貰おうか」と云い出されて、千円出して、黒いお札入れを渡されたら、その上にお守りをのせて、小母さんが「さあ、どうぞ」と、白蛇さんの口のところにもって行ったら、かわいい顔をして、赤い舌でペロッとなめました。キャーッ!!!

それが、大蛇なのよ。私は夢をみてるのかしらと思ったの。生れてはじめてよ。

そのお札は、お父くんのお財布に入れて、今年は豊年万作になることでしょう。

今年も何だかいいこと一杯ありそう。

二十九日は、宝塚の御招待で、また宙組の公演をみて、「白昼の稲妻」も「テンプテーション!」もよくよく分りました。

そして昨日は、「けい子ちゃんのゆかた」の五回目の原稿を、鈴木さんがとりに来られて、例によって、分りにくい字で一苦労されて、御馳走して、ここでも稲庭うどんが活躍してくれて、本当に大助かり。

その中に、一寸風邪ひかれて、キョンキョン咳しても散歩されるお父くんに、抗生物質と咳止めで、うまく治して、一月はめでたく、たのしく終りました。矢張り皆のおかげで、お正月あんなに楽しくすごしたからよ。

その写真を送ろうと思ったら、こんな長い手紙になっちゃってごめんね。

マーヤのおっかちゃん。

七月二十八日

ピノキオのこおろぎさんへ

二十六日の佳き日。

一年前のあのおめでたーい日に、益膳で、皆で御祝の夕食会が出来て、たのしくておいしくて、夏子がもり上げてくれて、ほんとにありがとう。

料理人が腕をふるって、特別料理をつくってくれて、お店から、メロンのサービスもあって、みーんなのおかげで、すてきな夏の夜の宴会になりました。おそくなってごめんね。

暑い暑いおひるに、汗だくになって貴重品をしょってZ坂を登って来てくれて、食休みもせずに、家中の、ノミ、ダニ、蚊の駆除に、バルサンをたきまくって下さったおかげで、害虫も、ゴミも、ソファーの下の、ちりも、ぜーんぶきれいになって、夢のようにすがすがしいお家で、どこもかゆくならずに、有難く有難く暮しています。

そして、一緒にうたってくれた「星に願いを」！　とーってもたのしいでした。一度でこんなに完璧にうたえるとは……。

きっと、いつも一人で、うたってくれてるのね。自分に、力をつけるためにね。

お父くんは、とてもよろこんでおられました。「よかったなー」ですって。

龍也が急に、「コヨーテの歌」をうたったのも面白かったねえ。そして、夏子が分らない歌詞を思い出して、一つの歌が出来上ったのにも、感動しています。

さあ夏休み本番だ。大変だー。

あんまり無理しないで、すてきなバカンスをすごしてね。

本当に本当にありがとう。

一杯、一杯の幸わせを感謝して、サンキュー。

ピノキオババアより

九月二日

一昨日は、家中が秋の、よそおいになって、どのお部屋も、しっとり美しく、ラベンダーの香りが、ただよって、本当にありがとう。そして、お玄関とピアノの上と、書斎の机の上では、まっ白のスプレーのばらがきれいにきれいにいけられて、幸わせな幸わせな気持になりました。そこへ明日（三日）は小沼さんの全集が完結して、高松さんが四巻目をもって御礼に来て下さることになって、何ていい時に模様替えして貰ったのだろうと、うれしくてうれしくて。今、御馳走を考えて、わくわくしています。

一寸早いけど、松茸の土瓶むしをするつもりです。小沼さんのお写真をテレビの上に置いて、かわりに御祝をして上げるつもり。

一昨日つくって貰ったヴィシソワーズは、とってもおいしくて、よく分りました。

じゃがいものかわりにかぼちゃをしたら、かぼちゃの冷スープになるのよね。
やってみよう。たのしみです。
では、十一日の十二時半前後、茅ヶ崎南口で、お待ちしてます。
おいしいおひるたべましょう。

平成十七年

三月、阪田寛夫死去
四月、『けい子ちゃんのゆかた』（新潮社）刊行

三月二日

今村造園殿（見事な見事なお仕事でした。ありがとう）

もう、とびっ切りおいしい天下一品のアップルパイのお食後を、たっぷりいただいて、大満足で、足の爪をきれいに切って貰ったお父くんは、さっき、毛皮の毛布にくるまって、ＺＺＺと眠られました。

そして今、小部屋の、昔使ってた大切な机にむかって、すてきな一日を感謝しています。バラの花園にいるような日でした。

本当に、夏子が来てくれると、困ってたことが、一ぺんになくなって、あと幸わせな気持がいつまでも、残って、まるで、夢のよう。ピカピカの門を何度も見ています。

本当に本当にありがとう。

今日プレゼントしてくれたアップルパイは、いつもいつもおいしいけど、その中の、ト

ップで、焼き加減も、香りも、りんごのお味も絶妙で、ホッペが落ちそうでした。

山田さんに、四分の一、包んでプレゼントしたら、はじめは、遠慮してられたけど、「うれしいうれしい」と大よろこび。

そして、「夏子さんみたいなお嬢さんみたことないです。う、ら、や、ましいです」と云われました。本当ね。ありがとう。

山田さんは、今までお逢いしたお友達の中でも、皆いい方だけど、特別すてきな方なの。先ず明るい。さっぱりしてて、行動力があって、あたたかい。ぐちは云われない。御主人が亡くなられて十五年にもなるのに、暗くない。美しい。その上とても親孝行。と云ったらきりがない位。こんな方が御近所におられて幸わせよ。

お酒は大好きだし、スケールの大きい方です。小学二年から、二歳までのお孫ちゃんは全部男の子。みないい子なの。

お父くんも山田さんは大好きです。編物は、天下一品だしね。これからもよく気をつけて編物をお願いしてあげようと思っているの。

あんまりアップルパイがおいしかったので、おしゃべりしすぎました。

本当に本当に今日はありがとう。

おやすみなさい（一杯の感謝と共に）。

三月二十七日

夏子へ
さっきは、モーニングコールありがとう。うれしいでした。

昨日は、文學界の新井さんが原稿とりに来られて、書斎の阪田さんのお写真の前で、お料理を出して、あたたかい日で、アマリリスもきれいだったし、よかったです。フランス料理をつくりました。

毎日、いくら働いてもくたびれなくて、夏子のおかげだと本当に感謝しています。

何でこんなに力が出るのだろうと自分でも吃驚りしています。

それが、今、夏子の電話をきいたとたん、涙が出て来て「泣くもんか」と思っても勝手にポロポロ出て、「声を出すもんか」と思って、グァンバリました。

それなのに、朝ごはんのトーストもボローニャも、フルーツも、ミルクも、いくらでも入る入る。

一体どうしたのでしょう。

いつもの二倍は食べました。

はずかしいです。

お父くんは、口に出されないだけ淋しいと思います。

立ち直られるのにも、お時間が随分かかると思うけど……。

大丈夫よ。まかして。

もう、言葉につくせない程、支えて貰ってありがとう。

よく食べる丑の母さんより

五月九日

天下一品のアップルパイにはじまって次から次へと、すてきなプレゼントをいただいた「母の日」の御祝。

形のいいすてきなスラックスを二本!!　レースのツーピース!!!（ぴったりでした!!）おいしいおいしいしい八十八夜の新茶!!!

邦雄さんの台湾のお土産の、大きくて美しい見事なからすみ。お、い、し、いね。

ピンクのきれいなカードには、うれしいメッセージが一杯。いただきすぎの、もう感激の一週間でした。

一年中「母の日」みたいにして貰ってるのに……と、胸が一杯になりました。

本当に本当にありがとう。バチが当りそう。邦雄さんにも御礼を云って下さい。

新茶は泣く程おいしいです。

お父くんは、からすみでビールとお酒をおいしそうに召上っております。

「幸わせねー」と横から、わたくしが云うと、「幸わせだねー」と云われます。

龍也も、どうして運んだのか、自転車に鉢植を四つものっけてお玄関に並べて、まだ咲いてるパンジーを西の英二伯父ちゃんのバラの横に置いたら、忽ちそこもかわいいお花畑になりました。

そしてうれしいことに、お手洗がうまく流れなかったのを、「ガバチョッ、ジャー」と流れるようにしてくれました。ほんとにほんとに助った。ああよかった!!

と云うのは、来々週、河田ヒロさんと鈴木力さんと、児玉さんと云う新潮社の、装丁デザイナー（ミミリーと、「けい子ちゃんのゆかた」の装丁をして下さった方）をおまねきすることになったのです。あのお手洗いをどうしようと思ってたのでヤレヤレです。

月末か、六月のはじめになりますので、悪いけど、その前に、助っとに来てくれる?

河田ヒロさんはとっても楽しみらしいです。でもお家が沼津なので、無理かもしれません。

シロもジェリーも、きれいにして貰って首輪を新しくして貰ってよかったね。

お母さんに、「母の日」のプレゼントしてくれた?（道でひろった骨とか、鳥の羽とか）

お玄関のれんがも出来て、本当によく働いたのね。くたびれたけどうれしかったでしょう。

さっき井伏さんの奥様が、本の届いた御礼のお電話を下さって、とてもお元気そうなお声でうれしいでした。電話でお父くんが、かわられた時、「安雄さんが、夏子さんのこと、メチャメチャにほめてます。よく働かれると云って」と云われたそうよ。

お家を建て増される間、長野に行っておられたそうです。

長々と書いたけど、本当に本当にありがとう。

邦雄さんにくれぐれも御礼を云って下さいね。

平成十八年

二月、長女夏子の長男和雄に長男雄大誕生
九月、庄野潤三、脳梗塞で倒れる。退院後、家族全員が一致団結し、作家のリハビリを支える
三月、『星に願いを』（講談社）刊行

二月二十八日

おめでたいお七夜の日
雨の中を、わざわざ寄っていただいて、夢の花園を（桜草と忘れな草の蕾の一杯ついた鉢植をどっさり）いただいて、本当に本当にありがとうございました。夢のようでした。

うれしくてうれしくて一ぺんにお玄関に春が来て、何より何よりうれしいです。

そのせいか、昨年は来なかった鶫（つぐみ）がチョンチョンとんでるのをみつけて、うれしさが亦々こみ上げました。

そして、お父くんの馬の蹄みたいにのびた爪をきれいに切っていただいて、本当にありがとうございます。

和雄ジュニアーに、大雄山最乗寺の天狗様もびっくりこいて、ひっくりかえるような立

派な名前がついて、雄の字が上についてて、よかったよかった。かわいくなって行くのが、
た、の、し、み、です。

夏子のお七夜の時のドレスアップとてもよく似合っててよかったよ。

スカートの長さも巾もすてきでした。

これで、ファミリー全員が二十四人!!!

サッカーチームが二つ出来る。

何とおめでたいことでしょう。

さて、押しつけて頼んだベルベットのドレスも、とっても楽しみにしています。

裏地は、「キュプラキュプラ」と、キューキュー云ったけど、キュプラはコートの裏にいいけど、ベルベットはどうでしょう。

何でも結構です。

昨日は、お父くんと相模大野の伊勢丹へ散歩に行って、「アフターヌーンティー」で、いつもの、「トーストサンド&コーヒー」のおひるごはんをたべて、ハナエ・モリ、の眼玉のとび出る程高い、夏の木綿のブラウス買っていただきました。

生れてはじめて着る縞柄（トリコロール）の長袖。もうヤケクソだー。でも、すてきです。

どうぞ邦雄さんにもよろしく。

早く桜草と忘れな草が咲きますように。

バナエ・モリより。

いろいろありがとう。

七月二十五日

茄子と、ゴーヤ食べてる亥の子さん。

お父くんは、幸わせ夢ぶとんでもうスヤスヤと、幸わせ夢の国です。

今日は、ほんとにほんとに私も公休日を貰った、ねえやのように、のんびりと相模大野で、楽しくすごさせて貰って、羽じゃなくて尾っぽをのばして来て、とっても楽しく、ありがとうございました。

書斎の机の上には、ピンクのバラ、お玄関には、パスカリの白いバラが美しく活けられてるし、家中、ピカピカだし、お父くんは、

「夏子がおいしいひるごはんつくってくれた」

とうれしそうだし。私においしいランチまで、ちゃんと、こしらえて貰って、いつものことだけど、うれしくて有難くて、御礼の言葉がみつからない位です。

「J」のイニシャルのついた、木綿毛布の肩かけぶとん!!! お色もセンスもお仕立も天下一品!!! ほんとにすてきなおふとんで、お父くんは、うれしくてうれしくて、「着心地いいよ」と、何回云われたことでしょう。

これで、やっと、十二月から七月の終りまで夜も昼もはなさず愛用されて、もう、ホー

ムレスの人の毛布並に汚れてた肩かけ毛布を、明日一番に、お洗濯出来ます。とってもとってもうれしいです。

高野豆腐、おからの煮もの、おいしくて満点の味つけで、お夕食の支度が早く出来て、とってもうれしいでした。

最高級のレースをお衿につけて貰ったワンピースは、今度のピアノのお稽古に着て行きます。

たのしみ!!

さっきから、字は間違えるし、便箋は汚すし、ほんとに、コクリコクリして汚ないお手紙になりました。

蟹缶は、大切にして、今度何かこしらえます。

何だか何度もコクリコクリして眠むくって、便箋を汚なくしてしまいました。ごめんね。

では、たのしい今日の幸わせに感謝して、おやすみなさい。

本当にありがとう。

八月二日（水）2P．M．伊勢丹（相模大野）のエントランスでお待ちしてます。

どうぞよろしく。ZZZ

幸わせペケ牛より

八月四日

ハナマル、マーヤの夏子江

水曜日は最高のお誕生日の御祝をして貰って、本当に本当にありがとう。今思い出しても、胸が一杯になる位、最高のバースデイプレゼントを一杯、一杯いただきました。

形のあるもの。ハートのプレゼント。心にも体にも、あふれる位でした。思いもかけずいただいた、ピケのノースリーブのワンピース!!（せっかく夏子がぴったりだったのにねー）ごめんね。うれしくてうれしくて、十一日の宝塚の月組公演に、着させていただきます。ぶって行くね。

それからあの楽しい半日の相模大野パーティ!!! お父くんは、本当にうれしそうでした。シーメンスでも、中村屋でも、絶妙の気配りですてきなすてきな時間になりました。メニューのとり合せも最高だったね。

これ以上考えられない位のいい日だったのに。それから、亦々、「バルサンでダニの退治してる」と云ったとたん、南足柄行を、くるりと変更して生田行にしてくれたその心配り。普通の人に出来ることではないのよ。もう夕方と云うのに、こんなことしてくれる子供が、どこにいるでしょう。

雨戸をあけ放って獅子奮迅の大活躍で、忽ち、きちんとした、きれいな我が家にしてくれて、ほんとにほんとにありがとう。夢のようでした。

お茶だけのんで、足柄山へ、とんで帰った、夏子バローさん。泪が出ました。最高の私の誕生日だった。

もうバースデイのカードも、何にも、心配しないでね。幸わせが溢れてるから。

「そして、もう一寸飲みたいなあ」と云う顔のお父くんに、桃と冷茶と、おせんべいでなだめて、何と、十時に、寝ることが出来たの。

早くおふとんにもぐり込んで、もうプリンセスになったように、幸わせに眠ってしまいました。

あしがら紬（つむぎ）のすてきなパスケースを、あんなお値段でいただいて、本当にいいのかしら。

昨日波緒さんに、お葉書だけはお出ししたけど、折をみて、パーティーラインでもお届けします。

それから、きれいなワンピースのお箱の横に、摩訶不思議な物体が入ってました。

こんなもの。

うっかり、出すの忘れたのでしょう！

いそぐなら、すぐ送ります。

いそがなければ、再会まで預ります（乞う電話）。

では、楽しい楽しいサマー・ホリデイを。

行ってらっしゃい!!

もう一度本当に本当にありがとう。

最高の誕生日をむかえたピケ・ペケ牛の母さんより

グッドニューズ、補聴器、おかげで右も左も、よくきこえます。ありがとう。

九月十七日

邦雄様
夏子様
正雄くん

今日は、わざわざお見舞ありがとうございました。

足柄山に現われた大蛇と大蝦蟇（おおがま）のニュース。邦雄さんと正雄のその語りの面白さ。

春山ホテル（編集注・庄野潤三が入院していた「春山病院」のこと）のお部屋であかるいティーパーティをしているようで、お父くんにも、きっと、その雰囲気がしっかり伝って、とても楽しく思っておられたと、とてもうれしいでした。

六時ごろお部屋をでる時も、気持よさそうに眠っておられ、エレベーターのところで、お部屋からもれる「お父くん、おやすみね」と云う、あのキュートな看護婦さんの声がきこえて来て、もう、もったいない位幸わせな気持になりました。

帰りまして、ひらきましたお見舞のあまりの大きな額にもう吃驚り。

これだけ皆にしていただいていますのに、この上、こんなにいただいていいのかしらと、しばらく考えましたが、お父くんを早くお山の上のソファに坐らせてあげるための大きな大きな戦力に、使わせていただきます。

本当にありがとうございました。

シーメンスの補聴器の時もあんなにしていただいて、心から感謝しております。一族からは、こんなに力強い手助けをしていただき、病院ではロケットガールのようなかわいいナースの方々に「お父くん、かわいい」と云っていただいて、幸わせなお父くんですね。

一杯の感謝をこめて、ありがとうございました。

千寿子

平成十八年

平成十九年

四月、『ワシントンのうた』（文藝春秋）刊行

一月七日

邦雄様
夏子様

夜、「ああ今日も一日幸わせだったなあ」と、感謝して戻って、お夕食をたべてたら、クロネコのお兄さん（いつもお父くんに挨拶してくれる人）が、足柄ビールの大箱を「ビール」と云って、届けてくれました。うれしくてうれしくて。もう、こんなにしていただいて、御礼の言葉が浮びません。一コ、ピアノの上にお供えして、一コを冷蔵庫に入れました。（もったいなくて、飲めないので）眺めています。

去年の夏の終りから今日までのことを思いますと、もう、あ、り、が、と、う、としか言葉がみつかりません。

邦雄さんにも夏子にもまわりのみんなにも、ありがとうございます。

おやすみなさい。

二月七日

邦雄様、夏子様

やさしく、力強い一族にかこまれて、ソファに、体をうずめた、幸わせ一杯のお父くんの姿が、今でも、そのままお部屋に残っています。

邦雄さんもいらっしゃって下さって、お山の上で、皆にお誕生日を祝っていただいて、本当に本当にありがとうございます。夢のようにありがたく、うれしい一日でした。龍也が、「お父くん、うれしそうに眠ってしまってよかった」と、帰ってから報告してくれました。

邦雄さん夏子、そして、龍也達のこれまでの言葉につくせない程のサポートの五ヶ月が、今日お山の上で輝やいて、本当に、うれしく有難く、感謝の気持で、もう言葉がみつかりません。うれしいでした!!

邦雄さんには、その上ややこしい確定申告までしていただきまして、びっくりする程の還付金がいただけて、重ねて重ねてありがとうございます。

夢のようにうれしいです。おつかれになりましたことでしょう。ありがとうございます。

平成二十一年

九月、庄野潤三、老衰のため死去

十月二十六日

なつこへ
おたんじょう日おめでとう!!
そして、ありがとう。
お父くんの宝物の夏子です。
かわりに、ありがとうと云います。
もうそれだけよ。

お母くん

十一月九日

邦雄様
夏子様

先日の、横浜の忘れられない、一日につづいて、亦、今でも心に幸わせなあたたかい一日が一杯にひろがっています。

この足かけ四年の間、どんなに力づけて下さって、どんなにお世話になって、どれ程の幸わせとパワーをいただいて来たことかと、もう考えても、言葉がみつかりません。

そして、昨日は、亦々、美しい長泉院のピカピカにお掃除をして下さった新しい庄野家のお墓に、こんなに和やかで、あたたかく、園遊会のようにお父くんの法要が出来て、夢のように楽しい打上げのお食事がいただけて、車で送っていただいて、本当に本当にありがとうございました。

長泉院様のあの奥の間の、静かなお部屋で毎日拝んでいただいて、近くには、邦雄さん、夏子のお家があって、四季の美しい景色の中で皆のことを見守って下さるお父くん。

これもみんな、ここに移りすんで下さった、今村幌馬車隊長のお力だと思っています。

この三年間の長い間、生田の家の隣りに、移って下さったり、毎日介護に通ってくれた夏子も本当に大変で、どんなにくたびれたことでしょう。そして邦雄さんには、御不自由をおかけいたしました。

そして今もつづく、いろいろの手続き、社会の常識が全くないのに、意地だけは張る、庄野ファミリーの中で唯一つのブレインで、一つ一つまとめて下さる有難さ、御礼の言葉もございません。

久しぶりに撫でてあげたシロの毛並、笛のようななき声。曽孫のかわいいこと。お食事は天下一品。おいしいでした。
お庭一杯にさす秋の日ざし。
すばらしい大団円の一日。
本当にありがとうございます。

四十九日の日に

庄野千寿子

解説　庄野千寿子さんというひと

島田潤一郎（夏葉社代表）

庄野千寿子さんは、大正十四（一九二五）年八月十九日に大阪で生まれた。父方の浜生（はまお）家は堺で「築港病院」という名の病院を営み、父の隆一さんはそこで事務長をつとめていた。病院は九州帝国大学の一期生であり、もともと裁判官をしていた隆一さんの父が明治期の戦争とともに起こしたあたらしい事業であり、その見込みがあたって、大正期に入っても繁盛していた。

一方、母方の難波（なんば）家は代々続く岡山の裕福な藍染問屋で、広大な庭に若い画家を住まわせるような、芸術にたいして理解のある家だった。

千寿子さんのご両親が結婚したとき、ふたりは東京に家を借りて一年間新婚旅行をするくらいに経済的に恵まれていたが、千寿子さんが三歳のとき、隆一さんは幼い子どもたち三人を残して、肺炎で急逝してしまう。

母の寿世（ひさよ）さんはそれを機に、堺から、子どもたちにとって環境のよい帝塚山に引っ越した。そこには大正六年に設立され、十五年には女子部（高等女学校）が開校したばかりの帝塚山学院があり、学院の院長をつとめる庄野貞一（さだいち）さんの家は、千寿子さんの新居から十メートルほどの距離にあった。

子どもたち三人にはそれぞれに女中がついた。庄野文学にもたびたび登場する二歳年上の姉一枝さん、三歳年下の弟秀一さんの三人は幼稚部から帝塚山学院に通い、自宅のほかに、学院から近い万代池のほとりに別荘ももつという暮らしのなかでのびのびと育った。

寿世さんは岡山の実家がそうであったように、若い芸術家や、そうでないひとたちのパトロンとなり、家にはいつも千寿子さんの知らない大人たちが暮らしていた。子どもたちはそうした環境のなかで遊び、本を読んだ。すべての家事は女中たちが担い、母は三味線を弾いたり、唄をうたったりした。

帝塚山学院もまた大らかな校風で、子どもたちを守った。院長先生は「力の教育」をうたう一方、子どもたちをいかにしてよろこばせるかを始終考えているような教育者であり、千寿子さんはのちに「あんなに幸せな少女時代はなかった」と何度も述懐するくらいに帝塚山での日々をたのしんだ。

昭和十六年に太平洋戦争がはじまったとき、千寿子さんは帝塚山学院女子部の学生だった。戦争がひどくなると、多くの女学生たちと同じように女子挺身隊として工場に働きにいき、そこでヘリコプターのネジをつくった。

斜め向かいの院長先生の家では長男の鷗一さん、次男の英二さん、三男の潤三さん、四男の至さんが戦地に駆り出されていた。戦争が終わると彼らはみな帝塚山に戻ってきて、両親をよろこばせた。父の貞一さんは次々に子どもたちの仕事を決め、三男の結婚までをまとめた。昭和二十一年一月、そうして千寿子さんは大阪府立今宮中学校の教員になったばかりの若い教師、庄野潤三さんの妻となった。

いよいよ家を出るとき、千寿子さんは母から「これから千寿子は庄野家のひとになります。遊びに来るぐらいだったらいくら来てもいいけど、つらくて帰ってくるんだったら、絶対に敷居を跨がせません」といわれ、大きなショックを受けた。

結婚生活は苦労の連続だった。なにしろ、それまで家事をなにひとつやったことも、教わったこともなかったのだから。

庄野家を切り盛りする義母の春慧（はるえ）さんはつねに赤ん坊を背負いながら井戸端で洗濯をしたり、料理をつくるようなひとだった。

千寿子さんは、院長先生の奥様ともあろうひとがなぜ、女中もつかわずにそんなことをやっているのか、不思議でならなかった。

夫婦のあたらしい家は義父母の家だけでなく、義兄たちとの家とも庭でつながっていた。兄嫁たちはみな家事ができるひとで、千寿子さんだけがなにもできなかった。

ある日、貞一さんと春慧さんが出かけ、千寿子さんが義父母の家で夕飯づくりを担当することになった。若い妻は天ぷらをつくろうとしたが小火を出し、台所の屋根を真っ黒にこがしてしまった。

仕事から帰ってきた夫とふたりでびくびくしながら義父母の帰宅を待ち、夫妻が玄関に姿をあらわすと平伏してあやまった。

「怪我はなかったかえ？」

春慧さんが千寿子さんにそう声をかけると、千寿子さんはわーんといって泣き出した。

昭和二十二年十月には長女夏子が生まれ、二十六年九月には長男龍也が生まれた。千寿子さんは子育てに明け暮れる一方、義姉の滋子さんが営む本屋に興味を持ち、赤ん坊たちを近所のおばさんたちにあずけて雑誌の配達を手伝ったりした。千寿子さんはいつも髪をリボンで飾っていたから、兄嫁たちは彼女のことを「リボンとレースのふしぎちゃん」と呼んだ。不器用だったが、洋服にレースをつけたり、スカートの丈を短くしたり、長くしたりするのが好きだった。

夫は結婚してから同人誌に作品を発表しはじめ、仕事がおわると机に向かって原稿を書いた。二十六年には教職を辞して、中之島の朝日放送に入社した。そこで「掌小説」という原稿用紙七枚の短篇を朗読する番組を担当し、同時代の作家、つまり吉行淳之介、安岡章太郎、島尾敏雄らに原稿を依頼した。

その「掌小説」に千寿子さんがペンネームで原稿を書いたこともあった。少女時代から『モンテ・クリスト伯』や『レ・ミゼラブル』、『デヴィッド・コパーフィールド』などの海外長篇を愛し、宝塚歌劇団を愛してやまなかった千寿子さんはすらすらと原稿を書いた。

夫は創作により専念するために上京することを願い、東京支社への転勤の話に手を挙げ、家族は二十八年に東京の石神井(しゃくじい)に引っ越した

あたらしい住まいはガスも水道もなく、庭にポンプがあるだけだったが、千寿子さんはそこでの暮らしをたのしんだ。東京には親戚こそいなかったが、安岡章太郎夫人や、吉行淳之介夫人らがいて、彼らは石神井の家に遊びにきてくれた。千寿子さんはめいっぱいおしゃれをして、若い作家夫婦たちとレコードをかけて畳の部屋でダンスをおどったりした。

娘が主役に選ばれた学芸会のときは、自分が着ていた黒いチョッキを小さく仕立て直して、金の刺繡をほどこし、養鶏所からわざわざ鳥の羽をもらってきて、それをピンクと黄色とブルーに染めて、ベレー帽に飾った。

昭和三十年、夫は「プールサイド小景」により第三十二回芥川賞を受賞し、その年のうちに仕事をやめ、文筆業に専念することになった。翌年には次男和也が生まれ、さらにその翌年にはロックフェラー財団の招きでアメリカのオハイオ州ガンビアに夫婦で一年間滞在することになった。

千寿子さんは英語を話せず、ひとりで集まりに出なければならないときは、夫の助言にしたがって、着物を着、折り紙を折って、皆の前で「さくらさくら」をうたった。

ふたりの生活の回りにはつねに、幼い子どもたちや、ガンビアで出会ったひとたちなど書く材料があった。それらをていねいに拾い集め、不要なものを削ぎ落とすことで、作家は強固な作品世界をつくっていった。

そのひとつの完成形が、昭和三十六年に石神井から川崎市生田に越したことをモチーフに、家族があたらしい土地に根づくまでを描いた『夕べの雲』(四十年)であり、以後、庄野文学の中心はこの「山の上の家」となる。

夫はほとんど出かけることもなく、毎日規則正しく、家で原稿を書いた。ひとりで外出することなど、一年に一回、あるかないかくらいだった。規則正しい夫のそうした生活を千寿子さんは生涯支えた。家族だけでなく、山の上を訪ねてくる作家や編集者たちに料理をつくり、夫が好みそうなモチーフがあれば、それを忘れずに伝えた。

子どもたちが大きくなり、家を出ると、あたかも演出家のように、夫が書きたくなるような出来事を夫婦の暮らしのなかに織り込んだ。それはたとえば、娘の住む足柄への訪問であり、定期的な大阪への旅行であり、孫たちとのかかわりで、なかでも、足柄からしばしば届く長女の手紙は作家の作品世界に特別ないろどりを添えた。

手紙は相手によろこびを伝えるためのものだが、自身でよろこびを反芻するためのものでもあり、そのよろこびに強い光をあてることで（そのよろこびを便箋に書き、それに形をあたえることで）、それ以外の日々の些細なことや、憂いごとを忘れさせる力をもっている。

庄野家の人々にとって、書くというのは魔法のような力をもつ特別な行為で、手紙の交換は家族のなかに力をたくわえた。


夫の理想や考えをこころから信じ、夫婦で意見が割れるということはまったくなかった。夫が子どもたちを叱るときも、横で「おとうくんのおっしゃるとおり」という顔で子どもたちを見つめた。

夫が倒れたときは毎日病院に見舞い、二度目に倒れたときも、執念で自宅に連れて帰り、亡くなるまで面倒を見た。

千寿子さんは当主のいなくなった山の上の家で八年間暮らし、平成二十九年に九十二歳で亡くなった。

最後まで本が好きで、入院しているときも、夏子さんに『モンテ・クリスト伯』をもってきて、といった。

好きな言葉は、その長篇の最後の言葉、「待て、しかして希望せよ」だといっていた。

zzz
アップルパイ

誕生日のアップルパイ

二〇二四年六月一〇日　第一刷発行

著　者　庄野千寿子
発行者　島田潤一郎
装　幀　櫻井 久（櫻井事務所）
編集協力　中村佑寛
発行所　株式会社 夏葉社
〒一八〇-〇〇〇一
東京都武蔵野市吉祥寺北町
一-五-一〇-一〇六
電話　〇四二二-二〇-〇四八〇
http://natsuhasha.com/
印刷・製本　中央精版印刷株式会社
定価　本体二二〇〇円+税

ISBN 978-4-904816-46-2 C0095　Printed in japan

JN067458